LES MÉSANGES

Abi

tome 1

La série *Les Mésanges* comprend :

Tome 1 - Abi (prix Cendres 2022)
Tome 2 - Lila
Tome 3 - Jade

Illustration de couverture : © **Marta Orzel**

www.lerouergue.com

doado

Audrey Bischoff

LES MÉSANGES

Abi

tome 1

rouergue

À Clo, co-survivante.
À mon Pink Floyd préféré.

Remerciements
à Raphaël Bischoff,
pour sa technicité,
ses précieux conseils
et encouragements.

« Je suis celle qu'on ne voit pas
Je suis celle qu'on n'entend pas
Je suis cachée au bord des larmes »

Pomme, *Anxiété*

chapitre 1

À exactement 7 heures du matin, ma mère allume une cigarette.

À la table du petit déjeuner.

Depuis toujours, ma mère ne fume pas, et le revendique.

Elle s'assoit tranquillement en face de nous, sort un paquet de cigarettes et allume une clope, comme si c'était naturel.

La fumée stagne au milieu de nos tartines.

C'est atrocement gênant.

Je plonge mon nez dans mon bol de chocolat, ma stratégie de défense personnelle.

Capucine souffle, en levant les yeux en signe d'exaspération, et sort de table en balançant sa tartine au milieu de nos bols.

Mon frère reste les yeux ronds devant cette image incongrue.

Merci Malo, du haut de tes 5 ans, d'oser poser la question :

– Maman, pourquoi tu fumes ?

La réponse est moins satisfaisante :

– Parce que j'ai envie, *honey*.

Honey fait partie des mots dégoulinants préférés de ma mère. Née à Miami, elle abuse des expressions américaines écœurantes : elle *wonderful*, elle *amazing*, elle *so cute*. Autant de petits mots mielleux qui donnent aux adolescents envie de vomir.

Comme moi.

Elle se lève d'un coup et se met à tournoyer autour de la table en soufflant des ronds de fumée au-dessus de nos têtes. Avec ses cheveux ouragan, ses yeux crocodile, ses fesses donuts, et son sarouel, on dirait une chamane en transe. Je suis presque enivrée.

Quand elle décide finalement d'écraser son mégot dans le bol de Capucine, je m'aperçois qu'une fois de plus, elle n'a pas mis de soutien-gorge. Ses seins se baladent tranquillement sans aucune retenue.

Dérangeant.

L'horloge indique : 7 h 45.

Je suis en retard.

D'habitude, Capucine et moi sommes toujours en avance le matin : notre objectif principal étant de nous évader de la maison. Ma mère est tellement enjouée, ventouse, *too much*, qu'on la fuit.

Exaspérant.

Certes, il y a les matins gris où elle ne se lève pas.

Pas d'excès de bonne humeur, pas de bienveillance dégoulinante, matin triste.

Mais la cigarette au petit déjeuner jamais.

Je quitte la table précipitamment en laissant Malo radieux et fasciné par ma mère.

Je rattrape ma sœur sur le chemin du collège.

Débriefing.

– C'est quoi son problème ?

– Pétage de plombs.

– Reconversion professionnelle.

– Crise de la quarantaine.

– Dépression.

– Secte.

– Trop de yoga.

– Elle a lu un livre sur les ados.

– T'as raison, c'est une technique de parentalité pour nous empêcher de fumer.

– …

– …
– Bof ça lui passera.
– Tout lui passe.

Depuis septembre, ma mère est en reconversion professionnelle, elle suit des cours pour être prof de yoga.

Comme ma mère ressemble déjà à une prof de yoga, l'ambiance à la maison n'a pas beaucoup changé. Nous sommes élevés aux effluves d'huiles essentielles. Nos journées sont ponctuées de petites phrases « Ne pense pas que tu as raté, pense que tu feras mieux la prochaine fois… »

Elle est impulsive, décide au dernier moment, d'un pique-nique, d'une virée chez les copains, d'un festin à la maison.

Sa spécialité est d'inventer des fêtes qui n'existent pas. En ce moment, on célèbre les anniversaires de femmes qui ont eu une vie extraordinaire. Nous avons donc soufflé les bougies de George Sand, Marie Curie, Rosa Parks. Je prends ça pour un « subtil » message féministe à l'intention de ses enfants. Ce qui me donne fatalement envie de devenir antiféministe.

La cigarette ne colle pas avec le personnage. À moins qu'elle essaye, telle une chamane, de rappeler l'esprit de Louise Michel parmi nous.

Quand on arrive devant le collège Alphonse Daudet, ma sœur est décontractée et volubile.

Elle a hérité de ma mère ses cheveux fous et son air solaire. Malgré ses deux ans de moins que moi, on pourrait croire que c'est elle la grande sœur. Elle est imbattable sur les tendances, les ragots, les derniers groupes de musique. Tout ce qu'elle pense sort de sa bouche, sans filtre, et avec un aplomb admirable. Les avantages d'être grande sœur ? Aucun. Ma sœur ne m'imite pas, ne m'admire pas, elle sait tout avant moi.

Elle sourit à un troupeau de garçons en train de se balancer leurs cartables puis fait un signe à un groupe de filles-vampires qui tirent la gueule.

J'ai rentré ma tête sous ma capuche et je regarde mes baskets.

Capucine rejoint sa clique gaie et bruyante, pendant que j'essaye de repérer discrètement Adam, mon phare.

J'ai appris avec le temps à ne plus être jalouse de ma sœur, ça m'épuiserait.

J'espère souvent qu'elle se fracassera la tête en franchissant le portail du collège, mais ça ne dure pas.

Comme dit ma mère, « Vous êtes différentes, et tu es aussi une belle personne. »

Beurk.

Une fois encore, Capucine franchit le portail la tête haute, sans trébucher.

Je la suis comme son ombre.

chapitre 2

Une ombre ? J'en ai fait ma spécialité.

Savoir se rendre invisible dans une classe de 4e n'est pas donné à tout le monde.

Ma mère et ma sœur ne pourraient pas être invisibles.

Il faut avoir le physique.

Tout en moi est moyen.

Rien n'attire le regard.

Mince sans être maigre. Cheveux châtains, longs, plats et yeux marron. Appareil dentaire discret, conforme à la classe de 4e.

Avoir les bonnes fringues est aussi essentiel.

Jeans, t-shirt à manches longues, pull à capuche. Baskets ni trop neuves, ni trop vieilles.

Le principe est de ne jamais être trop stylé. Quand sort une nouvelle tendance, j'attends au moins six mois avant de m'en emparer. C'est risqué de se l'approprier trop vite. Je m'exposerais à des regards et des moqueries.

À 14 ans, quand tu es une fille, il faut aussi réussir à cacher tes formes. En ce qui me concerne, je dois parvenir à dissimuler mes non-formes. Masquer mes non-fesses et mes non-seins. L'ample et le foncé sont mes meilleurs amis.

Pour être invisible, il ne faut pas oublier de soigner son entourage.

Il s'avère que je suis entourée de personnes qui marquent l'œil : ma mère et ses cheveux ouragan, ma sœur et son aplomb, Adam et son mètre 80. À côté, je disparais facilement.

Mon petit plus : les écouteurs. Dans la rue, le métro, à la maison, dans la cour du collège, ils servent de rempart aux autres.

Un smartphone derrière lequel je pourrais me cacher serait un véritable atout, mais apparemment « c'est-hors-de-question-avant-le-lycée ». Je chiale.

J'ai beaucoup travaillé l'attitude.

C'est la clef de l'invisibilité.

Le regard doit être légèrement baissé, concentré sur autre chose. On ne doit ni sourire ni grimacer. C'est la solution pour être physiquement présente mais absente.

En classe quand je sens qu'un prof va interroger un élève, je m'efface.

Dans la rue, quand une personne cherche une cible pour se défouler, je m'évapore.

À la maison, quand tout le monde est à fleur de peau, je disparais.

À table, quand la tension familiale est palpable, je me dissous.

Je me retire de votre réalité. Vos yeux ne peuvent se fixer sur moi, car il n'y a plus rien à voir.

Je ne vous laisse aucune chance. Votre agressivité, vos regards inquisiteurs, ou vos coups d'œil amusés passent à côté de moi.

Le dernier jour de la semaine concentre deux cours où je dois maîtriser mon invisibilité : histoire et sport.

Quand j'entre dans la salle d'histoire, ça sent le vieux livre, comme ceux qui traînent sur les étagères des vieillards.

Je décide de m'asseoir au deuxième rang, près du radiateur, dans l'angle mort du prof.

Monsieur Ekel réclame le silence dans un grognement.

Il a une tête de rat un peu jauni, à l'odeur de sa salle de cours. Son crâne dégarni se marie parfaitement avec sa voix nasillarde.

Plus que huit semaines de cours avant les grandes vacances. J'ai hâte.

Il se lance dans un cours qui m'ennuie, raconte une histoire de gens morts…

Je déteste l'histoire. Quel intérêt d'apprendre des trucs qui se sont passés avant ? Je préférerais qu'on m'apprenne à comprendre le monde d'aujourd'hui, de demain. Ça me serait tellement plus utile ! Et je serais beaucoup plus motivée.

Comme je m'ennuie, je m'entraîne à développer l'art de l'invisibilité. J'écoute, et je reste attentive aux mouvements du prof. Si son regard s'approche de moi, je baisse doucement la tête, fais mine d'être en pleine réflexion et prends des notes jusqu'à ce que ses yeux se déplacent vers quelqu'un d'autre.

Quand la sonnerie retentit, les élèves bondissent sans laisser Ekel finir sa phrase, rangent bruyamment leurs affaires, finissent leur conversation commencée avant le cours et rallument leur portable.

J'attends patiemment qu'Adam ait décidé de finir d'écrire. Si c'était pas trop la honte, je sais qu'il irait papoter avec Ekel pour en savoir plus.

Mais je suis là pour le protéger et surtout lui rappeler les règles tacites du collège.

Dans les couloirs ça se bouscule, ça s'insulte.

« Hey Lila t'as oublié ta jupe ! » « Wassim petite bite. »

Rien de très nouveau.

Adam n'arrive pas à décrocher du cours et m'abreuve de ces pensées lumineuses :

– Abi ! Tu te rends compte ? « Il faut éclairer toute chose à la lumière de la raison » ! C'est fou que CE mec, il pense ÇA à ce moment-là ! Diderot c'est un révolutionnaire !

– Fais attention Adam Osmani, tu vas finir athée, je réplique en riant.

C'est à ce moment-là que je sens un regard fixé sur moi. C'est Maël, un mec de 3e. Encore.

Il a pris cette habitude depuis quelques semaines, de me dévisager.

Soit il n'ose pas m'avouer que c'est mon frère caché, soit je lui plais.

S'il a envie de sortir avec moi, c'est hors de question, je ne sors pas avec les garçons, ni avec les filles. Je suis la pote d'Adam et c'est tout, pas d'autres interactions sociales.

Ce qui m'agace, c'est qu'il brise ma bulle d'invisibilité.

Je regarde au loin, doucement, comme pour lui faire comprendre que je ne l'ai pas vu, qu'il est transparent à mes yeux et que moi j'aimerais bien le rester.

Je me concentre à nouveau, car arrive un des pires défis pour l'adolescent : le cours de sport.

Chacun scanne le corps des autres.

Les moqueries fusent, te filant des complexes que tu n'avais pas encore.

C'est le seul cours où j'excelle, car en termes d'invisibilité, c'est moi la meilleure !

Tous les collégiens rêvent d'être transparents pendant deux heures. L'objectif de chacun est de dissimuler son corps. Un peu de gras du bide ? Un peu trop de poitrine ? Des jambes un peu courtes ? Absence de seins ? Des rougeurs quand tu cours ? Des baskets trouées ? Un jogging moulant ?

Tout est prétexte à te prendre la honte de ta vie.

Pour le dernier trimestre de l'année, nous subissons le « cycle d'endurance ». Un bien grand mot pour dire « courir autour d'un gymnase ».

Je préfère les sports collectifs, c'est plus intéressant pour une invisible comme moi. J'arrive à m'agiter sur le terrain sans que personne ne me voie et ne m'envoie le ballon. Ce serait trop risqué d'essayer de l'attraper, tout le monde me regarderait. Un jour, j'ai cru que la prof allait se mettre à crier : « Non mais regardez Abi, elle est toujours bien placée, elle court partout et personne ne lui donne la balle ! » Mais même la prof ne me voit pas.

L'endurance c'est un peu comme l'histoire, je ne comprends pas le principe.

Courir autour d'un gymnase, sur du béton, pendant une heure.

Comme je ne suis pas une rebelle, je m'exécute au premier coup de sifflet.

J'entends la prof hurler :

– Osmani !!!! Qu'est-ce que vous faites encore dans le gymnase ? Allez ! Sur le terrain !

J'adore mon Adam, c'est un lunaire, il devait rêvasser dans les vestiaires.

Six secondes plus tard, il me double avec ses longues pattes et me tire la langue au passage.

Le vendredi, je finis à 13 heures et la maison m'appartient. Je me fais toujours un petit sandwich devant une série. La séance télé s'éternise souvent jusqu'à la fin d'après-midi.

Mais aujourd'hui, quand j'ouvre la porte, la maison s'est transformée en un gigantesque cendrier. Quelqu'un a fumé ici toute la journée. Tout en aérant, je me demande ce qui peut bien se passer dans la tête de ma mère en ce moment. Je ne suis pas au bout de mes surprises.

chapitre 3

Comme je suis la première rentrée, je suis en charge du repas du soir. Avec un peu de chance les parfums culinaires cacheront cette horrible odeur de tabac.

J'adore cuisiner, alors ce n'est pas vraiment un problème. La difficulté, ce sont les obsessions de mon père.

Mon père est comptable, il aime les petites chemises, manger équilibré, faire du running, lire des classiques sur lesquels il s'endort. Et il vit, dort, et je ne veux pas savoir quoi d'autre, avec ma mère. Drôle de couple.

Ils ont réussi à se mettre d'accord sur une chose : l'interdiction formelle d'avoir un portable et d'être sur les réseaux sociaux, ce qui fait de nous des enfants exclus de la société, à la limite de la maltraitance.

Mon père est comptable. Donc mon père est rigide.

Implacable sur les chiffres, mais aussi sur le ménage, le pliage du linge et l'alimentation. Il a lu des tas de bouquins sur la nutrition et a imposé ses contraintes alimentaires au sein de notre famille.

Mes parents m'ont dit : « Tu t'occupes du repas du vendredi soir, tu fais ce que tu veux à manger ! »

Ce que je veux ? Facile à dire !

Il faut respecter les règles suivantes :

- des produits de saison
- des produits locaux
- des produits bios

Un casse-tête. On peut pas manger une pizza quatre fromages devant *Danse avec les stars* le vendredi soir comme tout le monde ?

Mais je m'adapte, c'est mon tempérament.

Et puis la cuisine c'est ma spécialité.

Ce soir c'est falafels, salade verte, gratin de courge et yaourt pomme-miel !

Mais avant de me mettre à la cuisine, je lance *The Dark side of the moon* des Pink Floyd, un vieux groupe que je vénère, et je lance mon rituel : analyse complète des détails de mon corps devant le grand miroir.

Je vérifie d'abord que mon apparence est toujours propice à l'invisibilité.

Puis j'observe ma peau qui n'a pas un seul bouton. J'en suis fière !

J'essaye ensuite mes différents sourires dont l'objectif est de cacher au mieux mes bagues.

Enfin, je soulève mon t-shirt pour regarder mes seins.

Ils sont là c'est indéniable. Mais on dirait des seins d'une fille de 6ᵉ. Je dirais même de CM2, vu que ma sœur a une plus grosse poitrine que moi. Je porte encore des brassières, histoire de dire que je mets quelque chose. Ma mère me rabâche que je n'ai pas besoin de soutien-gorge, qu'il faut « libérer ses seins ». Elle n'a toujours pas compris ce qu'était le collège : la moindre trace de hippie en toi et tu te fais dévorer toute crue !

Je suis partagée. D'un côté, j'ai envie d'avoir des seins un peu plus volumineux pour ressembler aux autres filles de mon âge. La natation est inscrite au programme de 3ᵉ et il va falloir que je travaille ma mise aux normes pour passer inaperçue.

D'un autre côté, je sens qu'avoir des seins plus volumineux va m'attirer un tas de problèmes. Intuition !

Puis quand je vois ma mère se balader sans soutien-gorge, ça me coupe toute envie d'avoir de la poitrine.

En cuisinant, je pense à Maël et me demande comment il peut m'apercevoir malgré mes efforts pour m'effacer.

À partir de 18 h 30, c'est l'arrivée successive des membres de ma famille.

D'abord Capucine :

– HUMMM ça sent bon… !!

Elle jette son cartable, elle balance ses chaussures, fait voler son sweet et court vers la tablette qu'elle ne quittera qu'en entendant les pas de mon père dans l'escalier, accompagné de Malo.

Mon père m'embrasse, déboutonne sa chemise, démarre l'inspection générale : soulève le couvercle de la poêle, ouvre le four et livre la sentence :

– C'est parfait, on va se régaler !

Malo vient se blottir contre moi et je sens son odeur, mélange de lait corporel pour le visage, chocolat (qu'il a encore autour de la bouche) et transpiration. Une odeur qui surpasse celle des falafels. J'en profite pour lui glisser :

– Alors cette journée Malo ?

– Trop fass !

Capucine, qui s'ennuie déjà de sa tablette, se livre à son occupation favorite : énerver mon frère.

– Et comment va cette vieille sorcière de Mme Zachetti ?

– C'est pas une sorcière !... Papa ! Y'a Capucine qui se moque de ma maîtresse !

Un vendredi soir comme un autre.

– Allez à table ! lance mon père un peu plus tard.

On le regarde, étonnés :

– On n'attend pas maman ?

– Non, maman ne sera pas avec nous ce soir.

– Ah bon pourquoi ? (en chœur)

– Je ne sais pas.

Pendant qu'il répond, nous sommes trois à observer les mouvements de son visage : colère ? Étonnement ? Exaspération ?

Rien du tout.

Aucune émotion n'est apparue.

C'est à ce moment précis que je comprends.

Comment ai-je pu passer à côté ?

Je viens de découvrir que mon père a lui aussi le pouvoir d'invisibilité.

Puissant.

Dommage pour nous tout de même, on aurait vraiment eu besoin d'évaluer la gravité de la situation.

– Allez à table, répète-t-il.

Quand vient le moment de dormir, je sens une inquiétude monter.

Ce n'est pas dans les habitudes de ma mère de ne pas prévenir. C'est une impulsive, mais c'est avant tout une maman.

Présente pour ses enfants. Trop.

Et si elle ne revenait pas ? Et si elle nous quittait ?

Peut-être qu'elle ne nous supporte plus.

Ou elle est tombée amoureuse de quelqu'un d'autre.

Je passe ma nuit en demi-somnolence, réveillée par tous les bruits du dehors, en espérant entendre la clef dans la serrure qui annoncerait son retour. Chaque bruit dans le quartier me fait croire au grincement de la porte d'entrée.

Le lendemain matin, je suis réveillée par deux mésanges nonnettes qui toquent sur le bord de ma fenêtre. Elles sont venues s'installer dans notre minuscule jardin cet hiver, grâce au nichoir que Malo a fabriqué avec sa maîtresse. Moi qui espérais attirer une bande bruyante de mésanges charbonnières, avec leurs couleurs vives ! Je dois me contenter de deux oiselets grisâtres.

En arrivant dans la cuisine, on pourrait croire à un samedi matin classique : mon père prépare un jus de fruit à la centrifugeuse, en jogging, ma sœur est affalée sur le divan avec sa couette en train de finir sa nuit tout en cherchant à agacer Malo.

Tout est en ordre, mais un immense vide s'est installé : maman n'est pas rentrée et tout le monde fait semblant de rien.

Malo, c'est ton rôle de petit, de questionner innocemment les adultes ! Pourquoi tu ne poses pas la question que tout le monde a sur le cœur : Où est maman ?

Juste après le repas de midi, je m'échappe.

J'enfile ma tenue de camouflage (jean-baskets-pull à capuche), plus écouteurs, sac à dos.

Le printemps est déjà bien entamé, les multiples couches de vêtements qui me cachent en hiver sont rangées.

Mais il fait encore assez frais pour le sweet à capuche, mon allié invisibilité.

J'habite en haut du quartier des Mésanges, dans une des minuscules maisons individuelles.

Je prends le chemin en terre qui sort de mon lotissement et arrive sur la partie bétonnée. Je passe devant la crèche, le jardin partagé, l'école, le centre social, la bibliothèque. C'est désert, il est beaucoup trop tôt.

Je traverse l'immense place lisse, propice aux courses d'engins en tout genre dès 20 heures. Là aussi, on dirait que le quartier a été abandonné.

J'arrive enfin devant la supérette. Je dois récupérer de quoi « s'faire un père Noël » avec Adam, notre petite tradition à nous.

Deux grands sont déjà scotchés au mur, à moitié réveillés, clope au bec.

Je dodeline doucement de la tête comme si j'étais captivée par ma musique et passe devant eux.

Encore une fois je n'ai pas attiré leur attention.

J'arrive enfin devant la série interminable des grands immeubles. La succession de bâtiments se termine sur le collège, les terrains de sport et le plus grand Auchan d'Auvergne-Rhône-Alpes.

Comme d'habitude, je m'arrête au 6 A, place des Mésanges.

Drôle de nom pour cette place, où même les pigeons n'osent pas s'aventurer. Les seules mésanges que j'ai vues traîner sont celles qui squattent ma fenêtre et elles sont aussi tristes que ce quartier.

C'est Adam qui m'ouvre et me tire par le bras pour m'emmener le plus vite possible dans sa chambre.

C'est compter sans sa mère.

– Abi ! Comment ça va chez toi ?

Son père me regarde l'œil brillant, un petit sourire. On s'aime bien lui et moi. Il ressemble beaucoup à Adam.

Sa mère continue :

– Et comment ça se passe l'école ? Et ta maman ça va ?

La mère d'Adam et la mienne se connaissent bien. Elles ont été un peu forcées de se parler vu que, petits, on était collés comme des jumeaux. Puis Donia a réussi à embrigader ma mère au conseil d'administration du centre social, où elles ont sévi pendant des années à coups de fêtes de quartier, d'ateliers couture, d'échanges culinaires, et de débats participatifs.

Donia est absolument fan de ma mère et très bavarde.

– Et Adam comment il est à l'école ? me demande-t-elle sans me laisser le temps de répondre aux premières questions.

– Maman laisse-la tranquille ! coupe Adam.

Et il m'entraîne dans sa chambre.

Aucune famille, ni chez les Osmani, ni chez les Maillard, n'accepterait qu'un garçon et une fille de 14 ans passent l'après-midi dans la chambre, sans être dérangés.

Et pourtant chez nous, c'est comme ça !

On se connaît depuis la grande section de maternelle. J'étais nouvelle dans l'école, et la maîtresse avait chargé Adam, son chouchou, de s'occuper de moi.

Huit ans après, nous sommes toujours inséparables.

Une fois à l'abri des adultes, on s'affale sur son lit une place, un coussin chacun, serrés comme deux sardines et j'ouvre mon sac à dos avec deux bombes de chantilly.

Une chacun, directe dans la bouche.

Quand on était petits, on faisait la même chose derrière la supérette. À l'époque on s'en mettait tout autour de la bouche, comme une barbe blanche, avant de l'avaler. D'où le nom de « s'faire un père Noël ».

La bouche pleine, je lance à Adam :

– Ch'ai envie de chancher de prénom.

– Ah bon ? … C'est bien comme prénom Abigaël !

– Pourquoi mes parents m'ont donné ce prénom américain horrible ? Ils auraient pu continuer sur leur lancée et appeler ma sœur Bridget ou Margaret ! On se serait bien marrés !

– Toi au moins les profs ils prononcent ton nom correctement !

– Ah ouais tu te rappelles Ekel en début d'année ? Quand il faisait l'appel ?

Je me mets à imiter la voix nasillarde du prof d'histoire :

– A-dan Osmani !

– J'arrêtais pas de lui répéter : on dit pas A-dan mais Ai-dème monsieur c'est de l'arabe ! Lui il répondait : Oui, oui, ho, hein ! A-dan, Aidème… C'est pareil, continue Adam en se pinçant le nez.

– Et Mme Laine ? Elle était tellement rouge quand tu lui as expliqué comment se prononçait ton prénom… Après, à chaque fois qu'elle voulait t'appeler, elle se concentrait et elle bégayait !

– Ça se fait pas quand t'es de gauche, de pas savoir prononcer les mots arabes !

On part dans un grand éclat de rire.

J'observe les murs nus de sa chambre. Il n'y a ni posters, ni tableaux, ni babioles. Que deux grandes étagères remplies de livres. Je confie à Adam :

– Ma mère n'est pas rentrée hier soir.

– T'es sérieuse ?

– Hmmm (à nouveau de la crème chantilly plein la bouche).

– Tu crois qu'elle a un amant ?

– Chais pas.

– Elle a changé ces derniers jours ?

– Elle s'est mise à fumer.

– Ta mère ? Fumer ?

Adam se met à réfléchir intensément :

– … Hum hum : bipolarité !

Il faut savoir qu'Adam est un brillant élève et qu'il est féru de psychologie (entre autres…), qu'il met un peu à toutes les sauces.

Après la chantilly, je mets ma tête sur son épaule, ça me fait du bien.

C'est comme ça Adam, c'est mon doudou.

Je finis par lui piquer son portable pour rattraper une semaine de réseaux sociaux.

Le lendemain, je me rends à mon stage de cuisine au centre social.

Puis je rentre chez moi, les bras chargés d'un immense saladier de macarons pamplemousse-litchis.

Ma mère est là, tourbillonnant dans le salon en échangeant un long baiser avec mon père.

Berk.

Au moment où je m'avance dans la pièce, elle ouvre son immense sac à main et en sort des cadeaux.

– Les enfants, je suis tombée sur une boutique, *amazing* ! J'ai trouvé une jolie barrette en bambou pour toi *honey* (le truc à ne pas mettre si tu veux rester invisible), et toi Capucine, un foulard en tissu recyclé !

La tête de ma sœur restera gravée à vie dans ma mémoire.

– Pour toi mon amour (mon père), tu l'ouvriras ce soir.

Et elle lui fait un clin d'œil !

Re berk.

Je ne comprends pas.

Elle est folle. Cette famille est folle. Ils ne peuvent pas s'engueuler comme tout le monde ?

Quand il s'agit de se prendre la tête sur des infimes détails, ils y arrivent très bien.

Mon père :

– Je t'ai déjà dit de mettre les produits d'entretien sous l'évier, pas au-dessus des toilettes.

Ma mère :

– Ohlalaaaaaaaaaaa (imitation d'un Français par une Américaine) t'es rigide, on s'en fout de là où on range les produits d'entretien !

Mon père :

– Non on s'en fout pas, parce qu'après je les cherche de partout ! Évidemment pour ce que tu les utilises, c'est sûr que tu t'en fous !

Vous connaissez la suite, c'est pareil chez tout le monde.

Mais quand il est question de se faire une belle engueulade parce que ma tarée de mère s'est absentée deux jours, sans que personne ne sache si elle est morte ou exilée, là il n'y a plus personne.

Malo avait disparu de la circulation jusqu'à ce que ma mère aperçoive le bout de son nez derrière le canapé.

– *Honey*, mon chéri, tu veux voir le cadeau que j'ai trouvé pour toi ?

Malo se redresse, déguisé en Indien, droit comme un I, le menton relevé. Il ne la regarde pas et dit :

– Je ne parle pas aux visages pâles.

Enfin un qui a un peu de courage.

La soirée du dimanche soir se passe dans la même ambiance de faux-semblant. Ma mère est exaltée d'être avec nous.

Les macarons dont j'étais si fière sont restés sur le buffet dans l'entrée. Je n'ai pas le courage d'aller les chercher.

Quand je nous regarde dîner autour de la table, j'ai envie de pleurer. Ma mère qui parle, dévore (elle n'a pas mangé pendant deux jours où quoi ?), mon père qui la regarde mi-amoureux mi-triste, mon frère qui n'arrive plus à faire la tête et rigole à toutes les blagues de ma mère. Capucine ne touche pas à son assiette et ne décroche pas un mot. Et moi… Moi je reste inlassablement invisible. Je mange, j'observe, lisse à l'extérieur, une boule coincée dans la gorge.

Et un mal de ventre horrible.

Chapitre 4

La semaine s'est déroulée aussi bizarrement que le week-end.

Ma mère continue à fumer comme un pompier, dans la maison.

Tous ses idéaux bio-vegan-écolo se sont envolés en fumée de Malboro.

On retrouve ses mégots dans les plantes, les éviers, les verres.

Nos habits sentent la cigarette, on respire une fumée toxique toute la journée.

Mon père je-mange-je-cours-je-vis-sain n'y trouve rien à redire.

J'ai toujours d'horribles crampes dans le bas du ventre, que je mets sur le compte de l'ambiance familiale anxiogène.

Le cours d'histoire est aussi ennuyeux que d'habitude. J'observe les autres. Adam a les yeux brillants, captivé. Jade est appliquée, mais a son air pincé. Lila taille ses crayons. Wassim réprime un bâillement.

Pendant que je m'efforce d'être invisible, je suis déstabilisée par un truc mouillé entre mes jambes.

Mon premier réflexe est de me dire que je suis devenue incontinente.

Mon cerveau tourne à toute allure.

Je l'ai : ce sont mes règles.

Je saigne.

C'était donc ça les douleurs au ventre.

Mes premières règles.

Je ne fais pas partie de ces filles à qui les parents n'ont rien dit, qui ne savent rien de ce qui leur arrive.

Moi je suis archi prête, trop prête.

Ma mère m'a déjà raconté dix fois les cycles menstruels. Elle m'a donné un miroir pour regarder ma « vulve », c'est comme ça qu'elle appelle mon minou. Chaque fois qu'elle dit le mot « vulve » j'ai envie de me cacher sous des coussins pour le reste de ma vie. Je sais tout du clitoris. Elle m'a même offert pour mon anniversaire un livre avec des femmes nues, sous toutes les formes.

Pour les protections périodiques, elle m'a acheté des serviettes en tissu lavable et une cup !

Si vous ne savez pas ce qu'est une cup, c'est une sorte de petit récipient en plastique que tu dois te mettre dans le minou et qui récupère le sang de tes règles. Quand elle m'a sorti ça, je me suis demandé comment ce truc énorme pouvait rentrer dans un sexe de femme.

La sonnerie retentit, je décide de ne pas attendre Adam et je vais d'un pas tranquille aux toilettes.

Enfermée à double tour, j'ouvre la pochette que m'a préparée ma mère, il y a déjà un an, « au cas où » : des serviettes en tissu, une culotte de rechange et un petit cœur avec écrit « Je t'aime. Maman. » C'est typiquement ce genre de petite attention mielleuse qui m'agace, mais j'avoue qu'enfermée dans les toilettes, seule, en ce moment particulier dont il va falloir que je ressorte indemne, j'apprécie le petit cœur et j'ose un petit sourire.

Je mets la serviette.

Je mets la nouvelle culotte.

Sensation : horrible.

Ça fait une énorme bosse sur l'arrière de mon jean.

Je vais devoir marcher avec ça toute la journée ?

Il va falloir que je redouble d'efforts pour ne pas me faire remarquer. Je me félicite du choix de pull large que j'ai fait ce matin, il cache l'ensemble de ma gigantesque couche au monde entier. Je me concentre et ressors l'air de rien.

Je me rends compte que le prochain cours c'est sport. Mais aujourd'hui, j'utilise pour la première fois mon joker infirmerie. Si on ne peut pas louper l'endurance le jour de ses premières règles, à quoi sert l'infirmerie ?

L'infirmière me reçoit avec un air soupçonneux :

– Qu'est-ce que t'as toi ? Tu as l'air en pleine forme ! Tu as un devoir de maths ?

Je chuchote :

– Non madame, j'ai mes règles pour la première fois.

Ses yeux s'illuminent.

– Assieds-toi donc. Quelqu'un t'a raconté comment ça se passe ?

Est-ce que je lui raconte que je connais tout des cycles menstruels et de la forme de ma vulve ?

Elle va se sentir vraiment mal à l'aise.

Je décide de jouer l'adolescente innocente et inculte, pour qu'elle se sente utile.

Après avoir été abreuvée d'explications et de schémas, puis noyée sous les brochures en tout genre, j'ai le droit de me reposer tranquillement. Je m'allonge sur un vieux lit qui grince. Il a des ressorts en ferraille et un matelas aussi épais que ma serviette hygiénique. Mais c'est mieux qu'un cours de sport.

Pendant que je rêvasse, j'entends l'infirmière ouvrir la porte de son bureau et s'alarmer :

– Oulala, tu n'as pas l'air bien du tout toi ! Va t'allonger dans la salle à côté, je t'amène une bassine.

Oh pitié, manquait plus qu'on vienne me gerber dessus… Finalement l'endurance, c'était peut-être mieux.

Encore lui.

Je vois Maël rentrer, tout blanc ou tout vert, un entre-deux repoussant. Quand il m'aperçoit, il vire au rouge et bégaye un :

– … jour.

Je ferme instantanément les yeux, et fais semblant de dormir.

J'entends l'infirmière qui apporte la bassine. Elle se met à chuchoter :

– Tu as l'air vraiment mal mon pauvre. Je vais appeler tes parents. Ne fais pas trop de bruit, hein, il y a Abi qui a… enfin bon… elle est… indisposée.

Mais c'est pas possible ça !!!!

J'ai envie de lui balancer la bassine sur la tête.

Ils apprennent un truc à l'école d'infirmière sur le secret professionnel et sur l'intimité des adolescents ?

Heureusement, je n'entends aucun bruit de vomi et j'attends patiemment la sonnerie pour m'enfuir chez moi.

En quittant l'infirmerie, je jette un rapide coup d'œil à Maël, qui a viré au vert kaki et qui fait aussi semblant de dormir.

Avoir mes règles : c'est fait.

Mais le pire reste à venir : l'annoncer à ma mère.

Ça va être encore un moment horriblement gênant.

Elle va en faire une fête, elle va le dire à tout le monde. Elle est capable de boire l'apéro à la santé de mes règles.

chapitre 5

J'ai quand même quelques questions à poser à ma mère : que vais-je faire de mes serviettes en tissu usagées ? Imagine que ma sœur ou mon frère tombent dessus : ils vont crier comme dans un film d'horreur. Et la cup, ça se met comment ? Ça rentre vraiment ? Comment je peux utiliser la cup au collège ?

Vers 16 heures, je mets *Animals* des Pink Floyd et passe à l'inspection générale devant le miroir.

Je n'ai pas vraiment changé de tête, ni de seins.

Les règles, ça ne fait pas VRAIMENT devenir femme.

J'essaye de porter des leggings avec ma serviette gigantesque.

C'est impossible, je ne peux pas mettre ça au collège.

Avec un jogging et un pull trop grand qui couvre mes fesses, ça passe. Mais je ne peux pas vraiment marcher. Je suis obligée d'avancer comme un pingouin.

Il faut que je voie ça avec ma mère ce soir. Elle m'aidera peut-être à trouver quelque chose de moins voyant.

En plein milieu de mes essayages-dissimulation, le téléphone sonne.

– Bonjour, je suis Mme Zachetti, la maîtresse de Malo. Je voulais parler à Mme Maillard.

– Elle n'est pas là. Il y a un problème ? C'est Abi.

– Ah bonjour Abi ! Je cherche à joindre tes parents. Malo n'était pas inscrit au périscolaire, mais personne n'est venu le chercher. Il me dit que c'est votre maman qui devait le récupérer.

…

– J'arrive.

chapitre 6

Quand je franchis le hall de l'école maternelle, Malo est assis sur le petit banc rouge du couloir, il suce son pouce, les larmes et la morve qui vont avec.

Quand il me voit, il fonce dans mes bras en sanglotant. Je dois le protéger, je suis la grande sœur. Je prends mon visage le plus joyeux.

– Allez, ouistiti, on rentre à la maison !

Mme Zachetti sort la tête de sa classe.

– Bonjour Abi ! Tu as bien grandi !

Je n'aime pas croiser les gens qui m'ont connue quand j'étais petite. J'ai l'impression qu'ils me confondent avec quelqu'un d'autre. Ils font toujours référence à l'autre moi, celle d'avant, avec ses goûts d'autrefois dont j'ai déjà tout oublié. Et puis l'expression « qu'est-ce que tu as grandi » m'exaspère. Forcément, la dernière fois que j'ai vu

Mme Zachetti je mesurais 90 cm. Heureusement que j'ai pris un peu de hauteur !

J'ai envie de lui répondre « Qu'est-ce que vous avez vieilli ! » Mais ce n'est ni mon genre, ni le moment d'attirer l'attention sur la famille Maillard.

– Tu sais ce qu'il s'est passé ? Ton père non plus ne répond pas, me demande-t-elle.

Si je savais…

– Il y a dû avoir une confusion…

– Ça arrive. Ce n'est pas grave. C'est pour Malo que ça a été difficile… Tout va bien à la maison ?

J'esquisse un sourire (crispé malgré moi).

– Bonne soirée, madame Zachetti, merci encore ! Allez ouistiti !

Quand je sors de l'école, petit singe a séché ses larmes, passe devant moi, rigole, court, évite les crocodiles.

Quand je le regarde, mon cœur fond…

Je me demande comment ma crétine de mère a bien pu oublier un petit singe si attachant. Je cherche les raisons pour lesquelles elle n'a pas répondu aux appels de Mme Zachetti. Où est-elle passée ? Et mon père qui est injoignable !

Mon petit ouistiti n'a que moi !

Quand j'ouvre la porte d'entrée, je peux voir que ma sœur est arrivée en la suivant à la trace : ses baskets ont été balancées dans le hall, son pull est étalé par terre un mètre plus loin, son sac à dos gît comme une tortue renversée contre la table de la cuisine.

On pourrait croire à un meurtre.

Deux chaussettes dépareillées dépassent du canapé et gigotent. On dirait qu'elle est vivante et qu'elle était pressée de s'engourdir la cervelle avec la tablette.

– Capucine, lève tes fesses, on a une famille à gérer. Je prépare à manger, va faire prendre le bain à Malo.

Plus tard dans la soirée, papa rentre de sa réunion (son apéro ?) .

Il nous regarde avec son air offusqué :

– Non mais ça va pas ? Il est 11 h 30 et vous êtes devant la télé ?

Capucine, comme à son habitude, part au quart de tour :

– Tu pourrais dire bonjour et merci ! C'est nous qui avons tout géré ce soir : la bouffe et Malo ! En plus tu réponds même pas à ton portable !

– Quoi ?

Tête de mon père : incrédule.

– Qu'est-ce que tu racontes encore… Où est Maman ?

– Si même toi tu ne sais pas où elle est… ! Au secours ! s'indigne Capucine

Et là, magie de l'invisibilité, mon père efface en quelques secondes ses traits contrits, incrédules, fatigués. Son visage se lisse. Il ne laisse plus rien transparaître.

Pendant quelques secondes, je suis admirative. Je trouve ça beau, de voir disparaître un être derrière sa cape d'invisibilité.

Puis tout s'inverse, je ne sais pas ce qui m'arrive. D'abord je sens le torrent de larmes monter. J'ai envie de hurler plein de choses mais c'est d'abord un cri guttural qui sort. Je n'arrive plus à contrôler mes gestes ni mes mots, mon cerveau a fermé les portes.

Je balance un coussin sur la tête de mon père.

– T'es qu'un con ! Un gros con ! Tu sais même pas où est maman ! T'es nul ! Elle s'est barrée parce qu'elle peut plus voir ta gueule de gros con !

Je me réfugie dans ma chambre, claque violemment la porte, m'étale sur mon lit en libérant toutes les larmes de mon corps.

Je m'endors habillée.

chapitre 7

Le lendemain, je suis réveillée par Capucine qui frappe à ma porte :

– Abi ! Y'a Adam qui est là !

Quoi ? Je regarde le réveil.

10 heures ? Il a craqué ou quoi ?

Ahhhhh ! J'avais oublié le rendez-vous pour réviser l'histoire…

Quand je sors de ma chambre tout le monde me dévisage. Ma sœur, sourcil relevé, m'observe un sourire gentil sur les lèvres. Mon père me regarde à la fois effrayé et honteux. Et Adam me fixe, interloqué, comme s'il avait vu Diderot dans son salon.

Puis il s'esclaffe :

– Mes félicitations mademoiselle Abigaël, vous arrivez parfaitement à imiter mon frère quand il rentre de boîte de nuit !

Je ne suis pas d'humeur à rire. J'imagine mes cheveux décoiffés, mes habits froissés et mes yeux bouffis de chagrin.

– Allez frérot au boulot ! lance Adam en se dirigeant vers ma chambre.

J'essaie en vain de me concentrer sur l'Europe des lumières.

– T'as fait la fête hier ? me demande Adam

– Adam t'es sérieux ? Tu m'as déjà vue aller à une fête ? Je ne connais personne à part toi. Personne ne m'invite à des fêtes.

– Mais t'as vu ta tête ?

– …

– T'es pas allé en cours de sport hier, qu'est-ce que t'avais ?

– Écoute Adam, je préfère pas en parler… Je préfère qu'on bosse l'histoire.

Fin de la conversation. Révisions plutôt froides.

L'après-midi, j'ai enfin l'occasion de gérer tranquillement mon histoire de règles. Il faut d'abord laver la culotte à l'eau froide, m'avait prévenue ma mère.

Je n'ai pas beaucoup saigné.

Heureusement !

Je me demande comment je vais faire pour changer de serviette au collège. Qu'est-ce que je vais faire de l'ancienne serviette ? La rouler en boule au fond de mon sac à dos ?

Berk.

J'observe la cup.

On dirait un chapeau rigolo pour un petit elfe des bois.

Je suis certaine que ça ne rentrera jamais.

Je lis le mode d'emploi.

« Adoptez une position confortable… »

Sérieusement ? Ma position confortable, c'est couchée en chien de fusil sous mes draps. Je ne suis pas sûre que ce soit propice à l'entrée de ce truc dans mon minou.

« … les jambes écartées… »

Dommage pour le chien de fusil.

« Aplatissez la cup entre vos doigts et pliez-la en deux. »

Ça c'est facile.

« Gardez la cup pliée et guidez-la dans votre vagin. »

Guider : c'est un mot qui indique que tu connais l'endroit, non ? Par exemple : le chien guide la personne aveugle.

Chère cup, j'espère que tu sais où tu vas, parce que moi non.

Bien sûr, ça ne rentre pas. C'est trop gros.

D'ailleurs ça ne rentrerait dans aucune femme.

J'abandonne.

Je ne suis pas très avancée. Les serviettes sont trop épaisses et pas pratiques. La cup : éliminée.

Affalée sur mon lit, ma position préférée, j'essaie de penser stratégie.

Ce qu'il me faudrait, c'est une copine. Avec du vernis, du maquillage, qui aime feuilleter des magazines de chanteur, écouter des chansons d'amour. À qui je pourrais poser toutes mes questions : comment on fait avec les règles ? Comment on embrasse ? Comment on choisit un soutien-gorge ?

Je suis tellement douée pour me rendre invisible que les filles de ma classe m'ont intégrée au décor. Je suis pile au milieu : ni détestée, ni ignorée, ni aimée. Juste un petit « salut Abi » le matin. Mais jamais de confidence, jamais d'invitation, jamais de petits mots en cours. En même temps, aucune moquerie, aucun regard dédaigneux… Une vraie invisibilité réussie !

Je me demande comment je vais faire pour me rapprocher de l'une d'elles. Je mise gros, je mise mon invisibilité, des années de travail !

Chapitre 8

Une semaine plus tard, nous n'avons toujours aucune nouvelle de ma mère.

Mon père a raconté à Malo que ma mère a besoin d'un peu de vacances et qu'elle va bientôt revenir.

À Capucine et moi, il n'a donné aucune explication.

Je sais qu'il n'en a aucune.

Il a revêtu son masque lisse de comptable efficace, de père modèle.

Seul écart, il ne me parle plus et ne croise plus mon regard.

Il doit ruminer mes insultes de la semaine dernière.

L'ambiance à la maison est lourde.

Tout le monde attend.

Tout le monde sursaute quand la porte grince.

J'ai toujours mes règles, ça fait déjà sept jours, c'est long non ?

Heureusement je ne perds presque pas de sang. Je n'ai donc pas besoin de changer de serviette dans la journée.

J'ai trouvé mon organisation pour gérer mes serviettes hygiéniques. Je les lave au lavabo et les fais sécher dans ma chambre.

Toute adolescente qui aurait mis ce stratagème en place aurait été percée à jour par ses parents. Mais personne dans cette maison ne s'intéresse à moi et à mes petits problèmes. Je me rends compte que cela fait une semaine que je suis réglée, et que seules deux personnes sont au courant : Maël et l'infirmière du collège.

Génial.

Ce matin au petit déjeuner, c'est la déprime. Mon père, encore en pyjama, sirote un café lentement, les yeux cernés de noir. Il ne voit pas Malo se gaver de bonbons en guise de petit déjeuner et Capucine fuir la maison alors qu'il n'est que 7 h 30.

Comme tous les vendredis, j'ai cours d'histoire.

Le cours est encore plus soporifique que d'habitude. Ekel a l'air complètement à plat et sa voix nasillarde est à peine audible, comme s'il allait mourir sous nos yeux.

Le temps est sombre. On ne sait pas s'il va pleuvoir ou faire nuit bientôt.

Je me demande où est ma mère.

Depuis une semaine, les mêmes hypothèses tournent en boucle dans ma tête :

- un autre mec
- une amoureuse
- un ras-le-bol de notre famille
- droguée
- alcoolique
- partie à jamais.

Je me demande ce que j'ai bien pu faire pour ne mériter aucune nouvelle.

Est-ce qu'elle me déteste à ce point ? Est-ce qu'elle ne peut plus me supporter ?

Pourquoi pas un petit mot, un appel. Juste pour me dire : « Je reviens dans deux semaines, *honey*. »

Ou alors elle ne peut pas m'envoyer de message.

Morte.

Suicidée.

– ABIGAËL MAILLARD !

Je sursaute.

Ekel cramoisi est penché sur moi. Je peux sentir son haleine. Ça sent la ciboulette.

– Ça va ? Je ne te dérange pas trop ? Tranquille la sieste en cours d'histoire ? Madame a décidé que les Lumières, ça ne l'intéressait pas ! C'est peut-être parce qu'il en manque une de lumière là-haut, hurle-t-il en montrant mon front.

Ma vue se brouille de larmes. J'entends au loin Lila protester :

– Ça s'fait pas m'sieur, c'est une insulte !

Je sens que le même cri guttural adressé à mon père il y a une semaine est en train de sortir de ma bouche.

Je le ravale. Je range mes affaires en tremblant. Je prends mon sac et sors sans fermer la porte.

Je le déteste, lui, ses cours pourris et sa face toute jaune.

Connard.

Je m'enferme dans les toilettes pour éviter d'aller en étude et affronter les regards des surveillants et des autres élèves.

Assise sur la cuvette des toilettes, je sanglote.

Est-ce que tous les vendredis vont se finir en pleurs ?

J'allais oublier, la journée n'est pas finie : il reste le cours de sport.

Je sèche mes larmes dans les toilettes et me concentre pour mon plus grand défi : le cours de sport avec mes règles.

Quand la sonnerie retentit, j'ose enfin sortir des toilettes.

Maël est là et me fixe. Il esquisse un petit sourire.

Puis devant mes yeux rougis, il prend un air de compassion horrible.

On pourrait croire qu'il va me serrer dans ses bras.

S'il fait ça je porte plainte.

Je lui envoie mon regard le plus noir.

Qu'est-ce qu'il a celui-là ? Il n'a pas compris encore ?

Il y a des centaines de filles dans ce collège !

Qu'est-ce qu'il a à me regarder moi, qui ne demande rien à personne, qui essaye de me volatiliser ?

Je suis prête. J'ai enfilé mon jogging noir, avec la serviette la plus grosse du monde entre mes jambes. J'avais prévu mon sweet gris foncé qui descend en dessous des fesses.

Coup de sifflet.

C'est parti.

Adam vient se coller à moi.

– Ça va toi ? Il est con Ekel tu sais…

– Ouais je sais, t'inquiète…

– Je crois qu'il a des troubles de la personnalité… On court ensemble ?

– Non, vas-y, je vais te faire perdre du temps, je lui réponds.

Il est chou quand il fait semblant de vouloir courir avec moi.

Avec ses pattes de héron, il me met 30 mètres dans la vue et s'envole.

De toute façon, j'ai d'autres projets.

J'essaie de me rapprocher de Jade. Avec sa queue de cheval blonde qui se balance, je la repère de loin et je m'approche d'elle et de ses copines. Comme d'habitude elles me sourient.

La conversation est des plus surprenante :

– Liam quand il court on dirait de la gelée comme on avait bouffé en Angleterre ! Son bide c'est vraiment dégueu !

Malgré l'effort, elles s'esclaffent, alors j'en fais de même.

– Ouais franchement il a pas honte, ça me dégoûte comme il doit s'empiffrer !

– Ça se trouve il se fait vomir !

– Ben non ! S'il se faisait vomir, il serait tout maigre !

Même si je trouve cette discussion complètement stupide, j'essaie de sourire et d'écouter.

Je vois bien que le sourcil gauche de Jade s'est relevé et qu'elle m'observe en coin.

De retour dans le vestiaire, je me sens en confiance, je continue de rigoler avec elles.

Je sens que j'atteins mon but, me rapprocher de filles qui vont pouvoir me guider.

Finalement il suffisait de prendre quelques risques et d'accepter de sortir de ma zone d'invisibilité.

Pendant que je tourne le dos au groupe de filles pour me changer, un sourire s'installe à l'intérieur de moi, malgré l'odeur de chaussettes persistante des vestiaires.

– ABIGAËL MAILLARD ????

Encore ? Ça devient une manie !

Je me retourne : cette fois, c'est Jade qui s'est plantée devant moi. Elle fait une tête de plus que moi. On dirait qu'elle va me passer un savon. Je ne sais pas quoi dire, s'il faut que je rie ou pas.

– T'es sérieuse ? hurle-t-elle.

Toutes les filles se retournent vers moi et attendent.

De son ongle verni, elle désigne mon entrejambe.

– Tu t'es chiée dessus ou tu portes les couches de ta grand-mère ?

Toutes les filles de la classe se mettent à regarder mon entrejambe.

Un éclat de rire général part dans le vestiaire.

Je reste figée, ni rouge ni blanche. Je ne sais pas quoi faire.

Un brouhaha général entrelacé de rires moqueurs se prolonge. Chacune finit de s'habiller, prend son sac et quitte le vestiaire en me regardant en coin avec un petit rire ou une petite réflexion en passant.

Mais je n'entends plus rien, je ne comprends pas ce qu'elles disent. Je n'arrive plus à bouger.

C'est comme si Jade m'avait donné un coup de couteau dans le ventre. Une énorme plaie s'ouvre et me fait atrocement mal. Une plaie qui pleure, qui saigne et qui crie.

Le vestiaire se vide.

Je finis de m'habiller et je sors du collège, c'est l'heure de la sortie pour moi.

J'ai tellement mal, j'ai tellement honte.

Une gêne cuisante.

Qui pourrait écouter ce désespoir ?

Pas mon père. Je ne dis jamais rien à mon père.

Pas ma sœur. Elle est à l'aise en toutes circonstances.

Pas Adam.

Il me faudrait une maman.

Une maman doudou.

Une maman fauteuil.

Une maman assez grande et grosse pour accueillir Abigaël Maillard. Je m'assiérais sur ses genoux, elle m'envelopperait de ses gros bras, je mettrais ma tête sur sa poitrine et elle me bercerait jusqu'à ce que je n'aie plus de larmes et que je me sente capable de retourner au collège.

Mais ma mère n'est pas une maman doudou fauteuil.

Et elle est absente.

Quand je pousse la porte d'entrée, je ressens mon épuisement, cette journée était horrible.

Je décide de ne cuisiner pour personne, m'enferme dans ma chambre et mets les Pink Floyd.

J'entends au loin les bruits du vendredi soir, plus lourds, plus lointains. Je somnole.

Mon père doit être encore fâché contre moi, il ne m'appelle même pas pour dîner.

À 21 heures ça grattouille à ma porte : Capucine se glisse dans mon lit.

– Je t'ai amené des vivres, un paquet de bonbons pleins de colorant et de E machin chose.

Elle est adorable.

Elle aperçoit mes serviettes hygiéniques qui sèchent.

– T'as tes règles ? T'as essayé la méthode de maman ?

– Ouais…

– Je peux faire dodo avec toi ? Tu me raconteras tout.

J'ai enfin pu jouer le rôle de grande sœur.

Je lui ai confié mes aventures accablantes de nouvelle « femme ». Pour la première fois, ma sœur me regardait avec les yeux de l'admiration.

Nous nous sommes endormies blotties comme des chatons, en mal de maman.

chapitre 9

Nous sommes samedi et je n'ai qu'une envie : rester sous ma couette.

Quand ma sœur se réveille, je simule la grasse matinée alors que je rumine depuis une heure ma journée d'hier. Il fait beau. Mes deux copines mésanges profitent de la fraîcheur matinale pour s'activer.

Capucine est sortie à pas de velours.

De mon lit, je peux apercevoir mon fil à linge et mes serviettes hygiéniques qui sèchent.

J'ai envie de prendre une paire de ciseaux et de les déchiqueter.

Quand je me remémore la scène des vestiaires, j'appuie l'oreiller sur mes yeux pour que ces images disparaissent. Je donnerais n'importe quoi pour couper cette scène dans le film de ma vie. Ça n'aurait jamais existé ni pour moi, ni pour les autres.

En me rappelant le brouillard de honte dans lequel les moqueries m'ont plongée, je me rends compte que je ne sais pas si des photos ont été prises.

Est-ce-que ma couche géante et mon entrejambe sont en train de circuler sur les réseaux sociaux ?

À cette pensée, mon corps provoque une intense suée. En plus de l'oreiller appuyé sur mes yeux je me dissimule sous le drap.

J'ai l'impression de me noyer au milieu des ricanements des filles de ma classe.

Tout ça à cause de ma mère. Et aussi un peu de moi. Les dernières semaines ont prouvé que c'était la personne la moins fiable de la planète, et moi je lui ai fait confiance les yeux fermés.

Adam a dû voir circuler les photos. Il n'osera jamais m'en parler. C'est sûr qu'une gêne va s'installer durablement entre nous. Mon seul ami.

Je pense à Maël. Après avoir été le deuxième être humain à savoir que j'avais mes règles, il va enfin connaître tous les détails de mon hygiène intime. Au moins, ça le tiendra à distance.

L'avantage de ne pas avoir de portable c'est que je ne vois ni les photos, ni les commentaires. Faites-moi penser à remercier mes parents.

Je décide de faire la grève des repas de famille et de couper tout lien avec l'humanité.

Il me reste 48 heures avant le retour au collège. Deux jours pour me préparer à affronter une meute alléchée par le malheur d'autrui.

chapitre 10

Le retour au collège a été douloureux. Ma cape d'invisibilité a été déchirée.

Les élèves se retournent sur mon passage en ricanant. Avec mes écouteurs et en baissant la tête, j'essaye de ne pas y prêter attention. Leurs regards oscillent entre leur portable et moi. Je me doute que l'information circule.

J'aperçois régulièrement ma sœur qui rit, qui parle trop fort, qui est tellement à l'aise. Et moi je suis LA fille dégoûtante du collège.

C'est encore plus difficile en classe. Les regards moqueurs me rendent dingues.

Adam est comme à son habitude, en dehors du monde, concentré sur les cours. Je ne sais pas s'il a eu vent de cette histoire, mais si c'est le cas, il n'en laisse rien paraître.

La plaie de l'humiliation est toujours bien ouverte, ravivée à chaque raillerie.

Le cours d'histoire du vendredi se passe sans encombre.

La voix d'Ekel est couverte par l'orage qui a éclaté à l'extérieur.

Je prie pour qu'il continue et que le cours de sport soit annulé.

Raté. La pluie s'est arrêtée de tomber.

Le cours d'endurance va être apocalyptique avec toute cette eau qui stagne par terre.

J'évite les vestiaires et attends que toutes les filles soient changées pour y entrer.

Pendant que je finis de m'habiller, j'entends au loin :

– MILLARD !... Comment elle s'appelle déjà celle-là... MOLLARD ! Au boulot !!!

– Moi c'est Maillard.

Pendant que je démarre mon premier tour de gymnase, Adam vient se mettre tranquillement à côté de moi.

Il ne dit rien, il est juste là, il s'adapte à mon rythme.

Comme s'il me protégeait.

Il sait.

Quand je sors du collège, je vois Jade avec ses copines qui m'observent en pouffant.

J'ai envie de pleurer, mais je baisse la tête en passant devant elles.

Jade lance :

– Mamie Abi a fait pipi. C'est pour ça qu'elle met ses couches de vieille meuf !

Les autres éclatent de rire.

Tout en ayant envie de disparaître sous terre, je suis mon trajet habituel : place des Mésanges, bibliothèque, centre social, école, jardin partagé, … Maël.

Il est là.

Adossé aux vitres bariolées de la crèche.

Avec son jean, ses Converse, ses cheveux tout en l'air, ses lunettes et ses taches de rousseur.

Il a l'air jovial. Il est toujours content, lui, c'est pas un vrai adolescent ou quoi ?

Il attend quelqu'un.

Ne pas paniquer.

Je fixe le chemin en terre qui va m'amener à mon lotissement.

– Abi ?

J'ai des écouteurs. On va dire que je n'ai rien entendu.

Je l'entends courir derrière moi.

Sûrement pour me rattraper.

À cet instant, j'ai fait le truc le plus idiot de toute ma vie.

Vous ne me croirez jamais.

Je me suis mise à courir.

Aussi vite que j'ai pu.

Même après deux heures de sport, j'ai trouvé les ressources pour m'enfuir.

Arrivée chez moi, je m'enferme à double tour, je tire les rideaux.

Absente, j'ai dit !

Je m'affale sur le canapé, essoufflée.

Il va croire que je suis folle.

JE suis folle.

Comme ma mère.

Je m'enfuis.

Comme ma mère.

Ma mère.

Je ne la pleure plus, mais au fond de moi c'est une cascade de larmes qui ne s'arrête plus de couler.

chapitre 11

Quand je décide de cuisiner, je m'aperçois que le frigo est vide.

Le congèle pareil.

Évidemment. D'habitude c'est ma mère qui fait les courses.

Je prends l'argent caché dans le buffet de l'entrée et me décide à aller jusqu'à Auchan, acheter de quoi survivre.

J'espère que Maël est parti.

J'ai envie de me rendre jusqu'au supermarché en rampant, comme un militaire en mission, pour ne croiser personne, mais je me contente de ma tenue camouflage.

Alors que je pensais avoir fait un parcours sans faute (aucune personne connue dans mon champ de vision), j'entends derrière moi :

– Abi ?

C'est Lila, une fille de ma classe, qui me court après.

– Ça va ?

Oui tout va bien, je me suis chié dessus, ou bien j'ai mis les couches de ma grand-mère, je ne sais plus, tout le collège se fout de ma gueule, ma mère s'est peut-être suicidée, mon père m'ignore et je viens de m'enfuir devant un mec. Ça va super bien, espèce de conne.

En guise de réponse, et comme je suis trop bien élevée, je me contente de hausser les épaules.

– T'as fait connaissance avec Jade, j'ai vu ! C'est une vraie connasse celle-là, un jour je vais lui couper sa queue de cheval et je la collerais sur son cul. Tu trouves pas qu'elle ressemble à un poney ?

Un point pour elle. Je souris. Je pose à terre mes courses trop lourdes.

– Ça te dit on va chez moi ? lance-t-elle en attrapant un des sacs.

Lila c'est tout ce que je déteste chez les filles. Trop maquillée, trop court, trop strass, trop paillettes.

Mais j'accepte de la suivre chez elle. C'est la seule personne qui a réussi à me faire sourire depuis trois semaines.

On arrive sous le porche de l'immeuble en face de celui d'Adam.

Là il y a Ahmed qui fume, adossé au poteau.

– Salut ma petite Lila qui sent le lilas… Ça sent pareil dans ta culotte ?

Lila lui passe devant en faisant un doigt d'honneur.

– Un jour Ahmed, je vais le scalper. Merde l'ascenseur est encore en panne. Fais chier ce quartier de merde, cet immeuble de merde !

On monte au sixième à pied et essoufflées.

Sa chambre est pleine de posters de Marseillais et autres musclés de la téléréalité. Beyoncé est là, grandeur nature, presque réelle.

Ça sent le tabac froid ainsi qu'un parfum sucré et écœurant.

Lila se vautre sur son lit, jette ses escarpins pardessus son matelas, et me tend une cigarette.

– Non merci je fume pas.

Elle hausse les épaules et allume sa clope. De son portable, elle lance une playlist de rap.

Son smartphone me fait baver. Il est énorme, fragile, sûrement cher. J'imagine tout ce que je rate, tous ces gifs trop drôles, tous ces jeux exaltants, toutes ces blagues sur les profs que je ne verrai jamais.

Elle me fait un sourire rayonnant, les yeux brillants.

– Assieds-toi, mets-toi à l'aise, meuf !

Je m'assois timidement sur le bord de son lit. Je ne me sens tellement pas à ma place.

– C'est quel mec que tu trouves canon au collège ?

– Je sais pas…

– Hum tu sais pas… Amir ? Il est beauuuu. Mais il est un peu con. Moi c'est Hugo. T'as vu ses yeux ???? Non toi t'es bien du style à kiffer Maël ! Style intello breton…

Je l'avais déjà oublié celui-là. Je me garde bien de répondre.

Et elle se marre.

– Bon c'est quoi ton truc entre les jambes là ?

– …

– …

J'ai tellement honte de répondre à ça.

Maman je te hais !

De devoir dire ça, à cette heure-ci, dans une chambre, observée par tous les Marseillais. Même Beyoncé me regarde avec amusement.

– C'est une serviette hygiénique en tissu, c'est ma mère qui me l'a filée.

– Elle doit être chelou ta mère non ?

– Oui.

– T'inquiète la mienne aussi. À part Candy Crush, je sais pas trop ce qui la motive dans la vie… Bon tu veux que je te prête des serviettes, des tampons ?

– Il paraît que c'est plein de produits nocifs pour la santé.

– C'est des conneries ! J'en porte depuis le CM2 et je suis toujours là ! Tu préfères porter tes trucs, là ? Ne me raconte surtout pas qu'ils sont lavables sinon je vais gerber.

J'hallucine. Elle a eu ses règles en CM2. Ça doit être horrible.

Elle ouvre le tiroir de sa table de nuit.

– Attrape !

Une multitude de tampons et serviettes me tombent dessus.

– Cadeau ! Tu essaies et tu me dis, ok ?

– Attends je vais te donner des sous…

– NON ! C'est cadeau j'te dis !

Et voilà comment je me retrouve une heure plus tard, dans ma salle de bains, avec une serviette hygiénique qui sent les fruits des bois, aussi fine que ma culotte entre les jambes.

Quel bonheur ! J'en aurais pleuré.

Même pas une petite bosse.

Lila m'a sauvée.

Le dîner du soir est très tendu.

Personne n'a remarqué que j'avais fait les courses.

On n'entend que le bruit de mes spaghettis bolognaise (sauce faite maison) aspirés par les quatre bouches autour de la table.

Non seulement mon père continue de m'ignorer, mais en plus il est visiblement de mauvais poil. J'avoue que ça me passe un peu au-dessus, je ne pense qu'à ma serviette extra-plate.

Malo dévore avec ses mains. Il a la bouche, les doigts, les joues et le nez tachés de sauce tomate, comme dans un mauvais film d'horreur.

Il est le seul à parler entre deux bouchées.

Il répète l'histoire que lui a racontée sa maîtresse.

Puis il explique les bêtises de Julia.

Puis il compte jusqu'à 55.

Quand il commence à détailler le parcours de motricité, ma sœur bondit de sa chaise.

– Mais c'est quoi cette famille ? On s'en fout de tes trucs Malo, on n'en a rien à foutre tu vois pas ? Et le père qui fait la gueule ! Et l'autre avec ses spaghettis dégueulasses ! En plus il n'y a même plus une fringue propre dans cette maison !

Elle jette sa serviette sur la table et disparaît en hurlant sur la famille. Mon père se lève par principe et proteste mollement.

N'empêche qu'elle a attendu que son assiette soit vide pour faire sa crise.

Elle a mangé tous les spaghettis dégueulasses.

Tout ça pour ne pas débarrasser.

Après dîner, je pars à la rencontre du panier à linge. Si je ne savais pas qu'il y en avait un ici autrefois, je ne m'en serais jamais douté. Il est enseveli sous les habits sales de toute la famille.

D'habitude c'est ma mère qui fait le linge.

Je décide de faire une lessive.

Autant ma mère m'a tout appris de ma vulve, autant elle ne m'a jamais expliqué comment marche la machine à laver.

Mon père s'est enfermé dans sa chambre, comme un adolescent. Apparemment tout le monde s'est mis d'accord pour que je prenne la place de ma mère.

Après recherche sur Internet, je crois que j'ai compris. Je lance ma première lessive en espérant que les habits de Capucine ne ressortiront pas à la taille de Malo.

chapitre 12

Aujourd'hui c'est samedi et j'ai rendez-vous avec Lila à Auchan.

J'ai pris tout mon argent de poche. Je crois que mes règles sont finies, mais je veux faire le plein de serviettes ultra fines pour la prochaine fois.

J'ai la trouille de tomber sur quelqu'un du collège, alors j'ai renforcé ma tenue de camouflage.

Quand je vois Lila de loin, j'ai un choc.

Elle est plus que jamais… sexy ! Ce qu'elle n'ose pas mettre au collège, elle le met le week-end !

Elle a les pupilles collées à son écran de portable.

Quand elle me voit, elle fait une danse de la joie.

Elle est folle cette fille, mais elle me fait rire.

– Salut mère Teresa, c'est parti pour les pâtes-à-cul !

Je pensais y passer dix minutes, mais c'était sans compter Lila qui avait décidé de comparer tous les vernis entre eux.

Au loin, je vois arriver des mecs de 3e du collège.

C'est le groupe des stars d'Alphonse Daudet.

Beaux, stylés, arrogants, bagarreurs, mauvais en classe, bref, la haute caste des collégiens.

Tout le monde connaît leur nom, leur vie et ils ignorent tout des autres.

Mon père a une maxime qui j'espère se réalisera : « Les stars du collège sont les idiots de demain. »

C'est principalement contre eux que j'ai développé mon invisibilité : arriver à l'âge adulte sans avoir été leur cible fera de moi une héroïne.

Alors que je tente de me dissimuler parmi les brosses à cheveux, Lila leur fait son plus beau sourire.

– T'es folle, ils vont venir !

– C'est le but mère Teresa !

Bien sûr, Lucas, Nathan, Nassim, Mathis et Ryan ont rappliqué direct.

– Vous avez rien d'autre à faire le samedi après-midi que de traîner à Auchan ? demande Lucas (le chef).

– Kess tu bronches toi ? Tu fais quoi au rayon vernis à ongles ? C'est pour tes soirées secrètes ? réplique Lila.

Les autres garçons se marrent.

Aïe ! Ça va mal tourner.

Lucas balance :

– T'as choisi le vernis pour ta petite copine ? Vous aimez vous brouter la chatte toutes les deux ? Ah non, c'est vrai ! T'aime bien sucer les grosses bites de black toi !

Les autres éclatent de rire et le groupe se barre. Lila leur fait un doigt d'honneur.

– Connards ! Viens meuf, on se casse avant que je les scalpe.

Ouf ça n'a pas dégénéré.

Je suis soulagée que ça s'arrête là.

Des fois je me demande si c'est normal d'entendre des trucs contre les femmes, les noirs, les homosexuels toute la journée et de ne rien dire.

Faut choisir. Au collège, c'est la rébellion ou l'invisibilité.

Après les courses, Lila m'entraîne boire un coca au fast food dont-on-ne-doit-pas-dire-le-nom à la maison.

Je lui raconte la disparition de ma mère.

Elle m'explique les galères de la garde alternée. Sa mère et Candy Crush. Son père, chef d'entreprise. Sa belle-mère et ses deux demi-sœurs parfaites.

De temps en temps, elle sourit aux passants, masculins et jeunes de préférence.

Je file ensuite chez Adam, mon sac à dos rempli de serviettes hygiéniques et de deux bombes de chantilly.

Sa mère ouvre et hurle :

– Adam c'est Abiiiiiiiiiiiii !!!!

Chez les Osmani, ça sent toujours la bonne bouffe. Donia est une super cuisinière. C'est dommage, elle est trop vieille pour que je daigne apprendre d'elle.

– Oh que tu es belle ! Tu embellis chaque jour ! Et comment vont tes parents ?

S'il te plaît, Adam viens me délivrer.

– Ça va merci.

– Ta maman est une femme tellement forte, tu sais comme je l'admire !

Help.

Au fond du couloir je vois le menton d'Adam pointer.

Je repère direct qu'il me fait la tête. Il me laisse discuter avec sa mère exprès pour se venger, d'on ne sait quoi…

– Tu as tellement de chance d'avoir une maman comme elle.

No comment.

– Elle est énergique, drôle et tellem…

– C'est bon maman, laisse-la, on doit réviser, coupe Adam.

Merci.

Quand j'entre dans sa chambre, je sors les deux bombes de chantilly.

Nous nous allongeons sur le lit et commençons notre rituel.

Je vois bien qu'Adam n'est pas comme d'habitude, plus renfermé, comme vexé.

La bouche pleine, Adam me demande :

– Alors comme ça t'es copine avec Lila Zaouche maintenant ?

C'était donc cela.

– Comment tu sais ça ?

– Y'a mon frère qui t'as vu à Auchan, avec Lila et la bande de Lucas.

– Depuis quand t'écoutes les ragots de quartier ?

Adam hausse les épaules.

– Elle est schizophrène, Lila, fais attention à toi !

– N'importe quoi !… Oui je traîne un peu avec Lila en ce moment, mais c'est toujours toi mon doudou préféré.

Il rigole.

Je suis soulagée.

Puis un grand silence s'installe encore.

– Je t'ai vue partir du collège en pleurant la dernière fois, ajoute Adam.

D'habitude, il ne me parle pas de trucs de garçons et je ne lui parle pas de trucs de filles.

C'est comme ça depuis toujours.

Sûrement parce qu'il n'y a rien à dire.

Mais depuis quelques jours ça a un peu changé.

J'ai du sang qui coule entre mes jambes.

Je suis la honte incarnée aux yeux de toutes les filles de la classe.

J'aurais bien besoin de parler de tout ça avec lui.

C'est peut-être une tentative de sa part pour aborder le sujet « couche géante sur les réseaux sociaux ».

Je regarde Adam de biais. Est ce qu'il est prêt à discuter de cela ?

Il me regarde, me sourit et demande :

– T'as déjà vu une tomate chanter ?

– Ben non, pas encore…

– Et t'as déjà vu une carotte rapper ? Ahhhhhhhhhhhh !

Et il se tord de rire tout seul.

Définitivement non, il n'est pas prêt pour ce genre de confidence.

Son fou rire calmé, il renchérit :

– Non sérieux, pourquoi tu pleurais ?

– Tu sais avec l'absence de ma mère, je suis triste.

Ce n'est pas vraiment mentir.

Je pose ma tête sur son épaule.

Je me sens bien là, tout contre lui, la bouche pleine de chantilly.

La vie sans Adam c'est inimaginable.

Adam me propose son portable, pour que je puisse avoir accès à l'autre vie, la web-vie, mais je refuse de peur de tomber sur mon entrejambe.

chapitre 13

Depuis mercredi, les mauvaises plaisanteries se sont légèrement calmées.

Une histoire en chasse une autre.

Louise, une fille de 5e, a malencontreusement coincé sa jupe dans son collant et personne ne lui a rien dit. Elle est restée tout un après-midi avec sa culotte à la vue de tous.

La triste aventure de Louise a détourné l'attention, les regards railleurs se sont concentrés sur elle.

J'ai l'espoir de regagner mon statut d'inexistante.

D'ailleurs, c'est le premier vendredi qui s'est déroulé sans pleurs, sans drame.

Je respire à nouveau.

J'ai aussi réussi à échapper à Maël toute la semaine.

Je l'ai observé de loin. Ce qui est bizarre chez ce mec, c'est que tout se lit sur son visage. Quand il est heureux, il a une tête de labrador qui veut jouer. Il est jovial 90 % du temps.

Parfois, il y a comme un nuage qui passe sur son visage. On dirait qu'il va se mettre à pleurer comme un personnage de manga avec des larmes qui giclent de partout. Mais ça passe vite.

Ce mec n'a absolument rien compris aux règles de l'invisibilité.

Le samedi, je rejoins Lila chez elle.

Pour aller à son appartement, je sais que je dois passer devant Ahmed qui ne quitte pas son poteau de toute la journée. Et je n'ai pas l'assurance de Lila, ni son vocabulaire.

Mon invisibilité a été sacrément mise à l'épreuve ces dernières semaines, je me prépare comme une championne.

Concentration maximum. Agilité au top.

Sur le qui-vive à l'intérieur, mais absente à l'extérieur.

Crèche, jardin partagé, école, centre social, bibliothèque, place des Mésanges.

Quand j'arrive en bas de l'immeuble, Ahmed est bien là, englué au poteau.

Je n'en mène pas large.

Je n'ai pas l'aplomb de Lila.

S'il me dit des horreurs, je peux :

- me mettre à pleurer,
- me mettre à courir,
- ou me jeter sur lui avec un couteau (que je n'ai pas) vu que je suis un peu tendue en ce moment.

En passant devant lui, je sens qu'il me dévisage, me scrute de haut en bas.

Il a décidé aujourd'hui de me laisser tranquille.

Première étape : validée.

J'arrive devant l'ascenseur : il a été réparé. Deuxième étape validée.

Avant de sonner, je me prépare à faire mon plus beau sourire de jeune fille sérieuse à destination des adultes. Ce sourire empêche toute question, sauf chez la mère d'Adam.

Je sonne.

C'est Lila qui m'ouvre. Sa mère est devant la télé et joue à Candy Crush sur son portable. Elle ne lève même pas les yeux sur moi.

Je me retrouve à nouveau parmi les Marseillais, enfumée.

Lila a des fausses lunettes de vue aujourd'hui. Ça lui donne un air sexy.

– Mate mon nouveau profil.

Elle me montre une photo d'elle avec une bouche gonflée et des oreilles de lapin.

– T'as pas de portable toi ?

– Non.

– Comment tu survis ?

– Je survis pas, je meurs.

– Ta mère est revenue ? me demande Lila

– J'ai toujours pas de nouvelles.

– Il faut qu'on fasse une enquête. Regarde, j'ai volé ce carnet à la supérette.

– Une enquête de quoi ?

– Chais pas, une enquete ! Pour savoir où elle est, si elle a un nouveau mec par exemple. Y'a un endroit où elle va régulièrement ?

– Il y a quelques semaines, je t'aurais répondu sa maison, avec ses enfants…

– Mauvaise réponse ! Cherche encore !

…

– Je sais. Le club de yoga !

– Très bonne idée. C'est loin ?

– Derrière Auchan.

Et nous voici parties, Lila en tête, avec ses fausses lunettes, son carnet, son stylo licorne et le trench de sa mère en direction du club de yoga.

Me voilà donc accompagnée d'inspecteur Lila.

À l'accueil se trouve un homme jeune, concentré sur son ordinateur.

J'essaye de le dévier de son écran.

– Bonjour !

Il lève un œil pressé, qu'il redirige directement sur son ordinateur.

– Je vous écoute.

– Je voudrais voir Mme Maillard.

Cette fois il relève complètement la tête, m'observe et détaille Lila.

– Vous cherchez Mme Maillard ? C'est qui Mme Maillard ?

– Mme Maillard, c'est ma mère. Elle prend des cours de yoga et elle a commencé une formation professionnelle ici.

– Ah ? Attends, je vais voir dans mon fichier. Maillard, Maillard… Ah ! Emily ? Tu es la fille d'Emily ?

– Oui.

À ce moment-là, je me dis que je ne suis pas prête à voir ma mère maintenant.

Si elle apparaît là tout de suite, je ne sais pas si je la serre dans mes bras ou si je lui hurle dessus.

– Emily n'est pas là aujourd'hui, il n'y a pas de formation le samedi.

OUF. Sauvée ! On peut partir.

J'allais remercier le secrétaire mais Lila l'enquêtrice ouvre son carnet et prend des notes.

– Elle vient toujours à sa formation ? demande-t-elle en scrutant l'employé par-dessus ses lunettes.

– Oui pourquoi ?

– Selon vous, a-t-elle changé ces dernières semaines ?

– Non je ne crois pas.

– Est-ce que vous l'avez vue en compagnie d'un homme ?

– Tu fais quoi ? s'insurge l'employé du club. Tes questions sont une atteinte à la vie privée !

– Ouais ben elle ferait bien de s'en occuper de sa vie privée ! Si vous la voyez vous pourrez lui rappeler qu'elle a trois enfants ! Viens on se casse ! coupe Lila.

Maintenant je sais que ma mère n'est pas morte, qu'elle ne s'est pas suicidée, qu'elle continue tranquillement ses cours de yoga, qu'elle passe tous les jours à un pâté de maison de chez nous et qu'elle ne daigne pas laisser un mot, un signe de vie à ses enfants.

Elle nous a abandonnés.

Quand je rentre, mon père est en train de faire un risotto. Il ne tourne même pas la tête vers moi quand je fais un bisou d'amour à mon Malo.

Depuis que je lui ai crié dessus, il m'adresse la parole uniquement pour me donner des ordres.

Je me sens complètement transparente.

Moi qui adore ça d'habitude, je suis tout de même légèrement vexée.

Je décide de lancer l'offensive :

– T'as trouvé de la nourriture dans le frigo ?

Il me regarde, surpris. Je continue :

– Non parce que la nourriture, ça s'achète dans les magasins, ça pousse pas tout seul dans le frigo. Je crois pas que ce soit à moi de remplacer maman. C'est toi l'adulte, va faire les courses ! Et pendant que t'y es, fais la lessive aussi, j'en ai marre de m'occuper de tes chemises.

Je m'aperçois que cette réplique cinglante est empruntée à ma mère.

Je me suis transformée en elle.

Horreur.

Les mêmes reproches, la même intonation.

En tout cas, mon père se renfrogne dangereusement. Ça ne va pas arranger nos relations.

Petit bilan mental des dernières semaines :

- Ma mère m'a abandonnée.
- Je me suis pris la honte de ma vie devant toutes les filles de ma classe.
- Je me suis enfuie devant le seul mec qui connaît mon existence. (Non Adam je ne le considère pas comme un mec.)
- Mon prof d'histoire m'a hurlé dessus.
- Je suis fâchée à vie avec mon père.
- J'ai toujours pas de portable.
- Et j'ai un mal de ventre qui redémarre.

Déjà ?

chapitre 14

Ce matin, je me suis réveillée avec un mal de reins digne d'une mémé de 80 ans.

Ça va être comme ça toute ma vie ?

Cet après-midi, j'ai cours de cuisine au centre social.

Rima, l'animatrice est incroyable.

30 ans, les cheveux blancs, aussi épaisse que moi et survoltée.

Quand elle cuisine, elle déploie une force surprenante et une rapidité hors du commun.

Ses cours sont magiques. Pour elle, la musique et la cuisine ne peuvent vivre l'un sans l'autre. Nos séances sont rythmées par des choix musicaux influencés par son humeur.

Le groupe est 100 % féminin et de tout âge.

Je suis la plus jeune. J'avoue que c'est ma mère qui a insisté pour que j'y aille. De moi-même, je n'y aurais jamais mis les pieds. Trop de vieilles.

Mais dès la première séance, je me suis laissé séduire par les goûts musicaux de Rima et les recettes fabuleuses qu'elle propose.

Aujourd'hui j'arrive au cours en vrac, mes reins me lancent.

Rima a opté pour Nina Simone, des beignets de gambas et un entremets fraise vanille.

Les autres filles sont particulièrement excitées aujourd'hui, ça piaille dans tous les coins. La concentration n'est pas à son maximum.

L'ambiance, la musique et les odeurs m'apaisent et me font vite oublier mon mal de règles.

Je me mets au travail.

Rima essaie, en vain, de recentrer l'attention sur la cuisine, mais la papote prend le dessus.

Et une fois n'est pas coutume, c'est moi aujourd'hui qui vais attirer tous les regards.

Ça toque à la fenêtre juste derrière moi.

Je jette un coup d'œil et vois…

Maël !

Je me retourne puis essaye de me cacher dans une gamba.

Rima ouvre la fenêtre et pendant que je rentre ma tête le plus possible dans mes épaules (je suis trop grande pour me dissimuler dans une gambas), j'entends :

– Je voulais parler à Abi.

J'ai espéré quelques secondes qu'il dirait : « Je cherche mon chat, vous ne l'avez pas vu ? » Mais ce n'est pas arrivé.

Des rires et des sifflements éclatent dans la salle.

Rima m'interpelle :

– Abi, je crois qu'il y a quelqu'un qui veut te parler.

Je sors mon visage cramoisi de mes épaules et quitte la salle, aussi abattue que si j'allais en cours d'histoire, couverte par les gloussements de mon groupe de cuisine.

Me voilà donc devant le centre social, face à Maël et sa tête de labrador.

– Salut ! me lance-t-il avec son sourire tout blanc et sa fossette insupportable.

– Salut, je murmure.

– Je t'ai attendue la dernière fois vers la crèche, je voulais te parler. Tu ne m'as pas entendu ? Ou tu t'es… enfuie ?

Aïe. C'est la honte.

Un silence s'installe puis Maël reprend :

– En fait je voulais te demander…

Non pas ça.

Non.

– Enfin, on m'a dit que tu cuisinais super bien. Et dans mon cours d'anglais, on a décidé de faire une vente de plats au profit de l'association Sea Shepherd… Je sais pas si tu connais, dit-il en me montrant une photo du logo tête de mort de l'ONG sur son portable.

– Bien sûr que je connais. Ma mère prie Sea Shepherd tous les soirs. Tu veux que je te la présente ?

Ah non c'est vrai elle m'a abandonnée.

Je suis presque une experte de ces pirates de la mer, sauveurs des animaux marins.

Je suis vraiment soulagée.

Si c'est pour faire de la cuisine et en prime, sauver des tortues, sans trucs dérangeants où on doit se toucher la langue, je suis…

– OK.

– Tu veux bien cuisiner avec nous ? s'exclame-t-il joyeusement.

– Oui d'accord.

Là, Maël bondit, un sourire lumineux aux lèvres, comme s'il avait marqué un but.

– Yes ! Super ! Trop bien !

Et il part en courant.

C'est tout ?

Une pointe de déception s'immisce en moi.

Une déception de quoi ?

Je n'ai pas le temps d'y réfléchir, car en me retournant, je vois trois de mes partenaires de cuisine collées contre la vitre.

Je vous laisse imaginer l'ambiance à mon retour dans la salle.

chapitre 15

Toute la semaine, j'ai tourné en boucle notre visite de samedi au club de yoga.

Je n'ai rien dit à la maison.

Je ne m'imagine pas les regarder droit dans les yeux et leur lâcher : Maman nous a abandonnés. Elle a refait sa vie derrière Auchan. Sans nous. Et on ne lui manque pas.

En plus, j'ai à nouveau mes règles.

Avant cela, j'ai eu mal au dos pendant deux jours.

Puis mes minuscules seins ont été douloureux pendant trois jours.

Depuis, mon ventre me fait souffrir.

J'ai compté l'écart entre chaque période de règles : ça n'a rien à voir avec la durée d'un cycle menstruel normal.

Hier, j'ai pu tester mon don d'invisibilité.

Au collège, pour changer ta serviette hygiénique, tu as deux options.

Tu peux choisir de rentrer dans les toilettes avec ton sac à dos, mais personne ne fait ça. Tu indiques donc au monde entier que tu as tes règles.

Sinon tu prends une protection propre dans ton sac et tu la glisses discrètement dans ta poche. Une fois que tu t'es changée et que tu as ta serviette usagée dans la main, il faut la dissimuler dans ta manche pour la déposer dans la poubelle près des lavabos. Car au collège Alphonse Daudet, personne n'a pensé à mettre des petites poubelles à l'intérieur des toilettes. C'est très pratique et très discret !

Aujourd'hui j'ai opté pour les serviettes senteur vanille.

Malgré les dires de Lila, je me demande comment mon minou réagit à autant de produits toxiques.

J'ai fouiné sur Internet, et j'ai trouvé plusieurs sites bios plébiscités par ma mère qui proposaient des culottes fines menstruelles.

J'ai envie d'essayer mais les prix m'ont freinée : trois mois d'argent de poche par culotte.

Même si j'étais richissime, j'aurais besoin d'une carte bleue, donc de passer par un adulte.

Je vais me contenter des serviettes toxiques.

Cette semaine, j'ai aussi décidé d'écrire à ma mère.

Chaque jour j'ai rédigé une lettre différente. Aujourd'hui je pense avoir ma dernière version et je me sens prête à la lui faire passer.

Ma première lettre commençait par :

Maman, tu es la pire mère qu'on puisse avoir. Je suis bien contente que tu sois partie parce que de toute façon je ne t'ai jamais aimée.

Je l'ai retravaillée depuis et voilà ma dernière version :

Maman,

J'ai appris que tu continuais tes cours de yoga et que tu passais près de la maison tous les jours.

Je suis tellement triste.

Je ne comprends pas et je te hais de nous avoir abandonnés.

Pour information, j'ai eu mes règles, et j'ai jeté à la poubelle tes horribles serviettes hygiéniques lavables. J'ai une copine qui m'a montré d'autres serviettes. Heureusement qu'elle était là, elle.

Abigaël, ta fille.

La lettre est dans mon sac à dos, prête à être déposée au club de yoga après les cours.

Cet après-midi, il y a encore endurance.

Il fait chaud, les grandes vacances c'est pour bientôt.

Je me fais plus invisible que jamais. J'ai vérifié dix fois qu'on ne voyait pas trop ma serviette hygiénique.

Malgré la chaleur qui pourrait me pousser à courir en t-shirt, je décide de garder mon sweet extra-large.

Sans m'en rendre compte, je double Jade, qui exceptionnellement traîne les pattes, abandonnée par ses copines.

Elle a de l'herpès tout autour de la bouche. Elle se fait discrète.

Quand je la vois, j'ai envie de ricaner, de glousser, de pouffer.

Avec ses croûtes marron suintantes au bord des lèvres, elle est horrible.

J'échange un regard moqueur avec Lila.

Je n'en fais pas plus, je ne suis pas de taille face à Jade et son groupe.

En plus, je ne veux pas gâcher mon invisibilité. J'ai déjà du mal à courir avec ma serviette qui frotte entre mes jambes.

Il fait beaucoup trop chaud pour courir avec un sweet. J'ai l'impression de courir dans un sauna. Mon visage a pris une horrible couleur sauce tomate.

Mais tout sauf prendre le risque d'être à nouveau la cible de moqueries.

Au moment d'aller me coucher, j'entends des sanglots venir de la chambre de Malo.

Quand j'ouvre la porte, il est assis dans son lit, Archibald et Ding Dong serrés contre lui.

Archibald est un vieil ours immense et pelé, avec une écharpe en tweed. Ding Dong est une taupe violette avec un nœud papillon vert kaki. Ce sont les meilleurs amis de Malo.

Les trois sont en train de pleurer.

J'ai envie de me blottir sous les draps et de me mettre à sangloter avec eux.

Je m'endormirais en gémissant, en suçotant l'oreille d'Archibald et en reniflant le museau de Ding Dong.

Mais une grande sœur ne fait pas ça.

– Qu'est-ce qu'il se passe, ouistiti ?

– C'est Archibald. Il a fait un cauchemar…

– Pauvre Archibald. Il peut me le raconter son cauchemar ?

– Il a rêvé de la maman souris qui s'est fait prendre dans le piège à fromage.

Évidemment. La maman souris.

– Et ça te rend triste le cauchemar d'Archibald ?

– Oui parce que les bébés souris ils savent pas où aller.

Si vous avez une réponse à donner à ça, je vous laisse ma place.

C'est abominablement triste.

La haine continue de grandir à l'intérieur de moi.

Mais je prends Malo, Archibald et Ding Dong dans mes bras et je les berce jusqu'à ce qu'ils s'endorment.

chapitre 16

Après le sport, je passe au club de yoga, c'est le même homme à l'accueil.

Il me regarde avec un air atrocement triste, de pitié. Je me dis qu'il est en train de visionner un film sur son ordinateur avec un chien qui meurt. Mais c'est bien moi qu'il regarde.

Il me demande :

– Tu veux voir Emily ? Je l'appelle si tu veux.

– Non merci. Est-ce que je peux laisser ce courrier pour elle ?

– Oui, pas de soucis.

Je sors.

Et je pleure.

Et je pleure.

Et je me mouche.

Et je pleure encore jusqu'à la maison.

Je passe devant Ahmed, avec toutes mes larmes et mes sanglots.

Il ne dit rien.

En rentrant à la maison, après l'inspection hebdomadaire de mon corps, je décide d'aller fouiller dans les affaires de ma mère. Direction la chambre parentale.

Exploration de la table de chevet. Doliprane, boules Quies, collier de fête des mères, préservatifs.

Mes parents mettent des préservatifs ?

Berk.

Puis l'armoire.

Dans le dernier tiroir, il y a des tas de photos en vrac, mais je les connais par cœur, car je suis une as de la fouille : ma mère bébé, ado à Miami, virées entre copains, voyage avec mon père. Rien de nouveau.

Je jette un dernier coup d'œil au pied du lit. Un bouquin sur les produits cosmétiques DIY.

Un MP3 ?

Ma mère écoute de la musique ?

Première nouvelle.

Je ne résiste pas à l'envie d'écouter.

Je m'allonge sur le lit, à sa place. Son odeur, d'habitude imprégnée sur l'oreiller, a déjà disparu.

Je lance sa playlist.

« Méditation sur la confiance en soi. »

Je me disais.

Ma mère qui écoute de la musique c'est comme mon père qui danse. Invraisemblable.

La voix est douce et lente. Elle explique que cette méditation doit permettre de reprendre confiance en soi, d'apprendre à accepter ce que l'on est, et à ne plus se détester.

Ma mère ? Se détester ?

Impossible.

Tellement sûre de tout, positive, joyeuse, à l'aise avec les autres.

Après réflexion, je me dis que c'est envisageable.

Ma mère a ses périodes noires, où elle s'enferme dans la chambre toute la journée.

Personne n'a jamais mis de mots dessus, mais je viens de découvrir que ma mère se déteste.

C'est pathétique.

Je la hais d'être aussi faible.

En même temps c'est bouleversant. Personne ne devrait se détester. Elle n'a pas mérité ça.

J'ai aussi beaucoup de chagrin pour moi.

D'avoir une mère comme elle.

Je n'ai pas mérité ça.

Plus tard dans l'après-midi, je me rends compte que dans deux semaines c'est l'anniversaire de Malo.

Je ne me demande même plus comment une mère peut abandonner son fils de 5 ans. C'est un fait.

Il faut que j'arrête de me poser des questions et accepte son départ.

Nous devons apprendre à vivre sans elle. Arrêtons de l'attendre.

Cette famille a besoin de vivre, de rire, de retrouver la joie.

Je décide de préparer un repas de fête.

Une fête pour rien.

Pour rire, alléger le quotidien.

Quand j'ouvre le frigo, il est rempli à ras bord, signe que mon père a fait les courses.

La réplique cinglante empruntée à ma mère a eu son petit effet.

Je me lance dans la préparation de toasts, cocktails sans alcool, pizza maison, muffins. Pour m'accompagner je mets *The Wall*. Ça me donne une énergie puissante.

Capucine rentre la première.

– Waouh ! Qu'est-ce qu'il se passe ? Ça a l'air trop bon. Par contre c'est pas trop les consignes de papa en matière de nutrition.

– On s'en fout. Aujourd'hui c'est la fête !

– La fête de quoi ?

– La fête de la famille ! Sors les fanions et les bougies !

Une heure plus tard, Malo arrive en trombe dans la cuisine et découvre le buffet et la décoration savamment orchestrée par Capucine.

– Ohhhh ! Qu'est-ce qu'il se passe ?

Capucine lui explique.

Mon père entre dans la pièce et stoppe net, interloqué.

– Papa, papa ! C'est la fête des Maillard aujourd'hui ! crie à tue-tête Malo.

Un sourire s'esquisse sur son visage de comptable.

– Je prendrais bien un peu de ce cocktail ! Il a l'air délicieux ! dit mon père.

C'est la première fois qu'il me parle gentiment depuis que je l'ai insulté.

La soirée s'est déroulée dans une ambiance légère. Malo nous a raconté comment il a fabriqué une statue de Mme Zachetti en terre malaxée (à base de boue). Il nous a expliqué que Mme Zachetti était « contente mais en même temps pas contente ».

Capucine nous a révélé comment sa copine (je soupçonne que c'est elle) a réussi son interro de maths grâce à l'astucieux stratagème des formules de maths cachées dans la trousse.

Seul papa restait silencieux, sourire aux lèvres, les yeux au bord des larmes.

Il nous regardait avec beaucoup d'amour et aussi beaucoup de tristesse.

À la fin du repas, il s'est approché de moi, et m'a susurré à l'oreille : « Merci mon Abi d'amour » et il m'a fait un bisou sur le crâne.

Ça m'a fait un bien fou. Comme si toute la tristesse accumulée depuis des semaines s'envolait.

Capucine, flairant le bon moment, a osé demander :

– Papa, on peut regarder *Danse avec les stars* ?

Autorisation accordée.

J'ai installé tous les coussins sur le tapis devant la télé et je me suis allongée.

Malo est venu se blottir contre moi et s'est endormi juste après la première danse.

Je regardais sans regarder, me laissant un moment de calme, pour profiter de l'ambiance de la maison, et laisser pénétrer tout cet amour ambiant.

chapitre 17

Depuis vendredi dernier, l'atmosphère est plus détendue à la maison.

Même si maman nous manque, nous apprenons à faire sans elle.

Avec mon père, on se parle à nouveau et c'est agréable.

Quand je sors du collège, Adam me talonne :

– Viens on va à la bibliothèque.

– Adam s'il te plaît, pas la bibliothèque !

– Tu connais même pas Aurélie ! Elle est super intéressante ! Elle a acheté des nouveaux romans sur la Deuxième Guerre mondiale.

– Pitié Adam…

– Il y a même des livres de cuisine.

– Vas-y tout seul je vais rentrer chez moi.

– C'est bizarre.

– C’est pas bizarre, Adam, tu sais que je déteste lire des trucs de…

– C’est bizarre. Y’a Maël qui nous fixe.

Maël, son t-shirt vert de la même couleur que ses yeux, ses cheveux tout mal peignés, ses lunettes et ses taches de rousseur, adossé au feu de circulation. Il me fait un petit signe.

Adam s’arrête. Me regarde. Le regarde. Me regarde. Il est estomaqué.

– Vous vous connaissez ?

– Oui oui, je dois faire de la cuisine pour son cours d’anglais. Pour les tortues.

– QUOI ?

– Rien je te raconterai… Va lire tes bouquins atroces pleins de morts.

Maël fait un léger sourire à Adam qui s’éloigne puis s’approche de moi.

Il a l’air vraiment stressé, on dirait qu’il va passer un examen oral.

– Salut ! marmonne Maël en se mordillant la lèvre.

– Salut.

– Ça va ?

– Oui oui.

– Tant mieux, dit-il en se frottant un pied contre l’autre.

Cette conversation, près du feu rouge, entrecoupée de bruits de scooters trafiqués, ne sert absolument à rien, non ?

Maël prend une grande inspiration et se lance :

– T'as réfléchi aux plats que tu voulais faire ? Je me suis proposé pour réunir les besoins de chacun et pour aller faire les courses.

– Je me suis dit que faire des trucs avec du poisson pour une campagne Sea Shepherd, c'était pas top.

– Je suis d'accord.

– Je me suis dit qu'il fallait aussi éviter le Nutella plein d'huile de palme qui tue les ourangs-outangs.

– Je suis d'accord.

– Je suis partie plutôt sur des tartes avec des fruits de saison.

– Je suis d'accord.

Il est d'accord.

Il est pas un peu stupide ?

Maël ouvre son sac à dos, tente d'en sortir un cahier, et ses affaires s'éparpillent sur le sol.

Le temps qu'il range, qu'il trouve un stylo, et qu'il ouvre son cahier à la bonne page, j'ai le temps d'admirer les nuances de gris de mon quartier.

Il me regarde tout essoufflé par son aventure et commence à prendre des notes :

– Dis-moi les ingrédients qu'il te faut. Je note.

– Ça dépend où tu vas faire tes courses.

Non ce n'est pas un piège Maël, arrête de réfléchir.

Je l'aide :

– Si tu veux faire les choses bien, il faudrait aller au marché, pour avoir des fruits de saison.

– Au marché ? Il y a un marché ici ?

Ça y est il a retrouvé sa tête de labrador. Si je lui lance une balle il va me la ramener.

– Oui au quartier, sur la place des Mésanges. Tous les dimanches matin.

– Ok. Je vais faire ça. Mais c'est quoi les fruits de saison ?

J'hallucine. Sauver les dauphins, oui, mais sauver les agriculteurs, c'est autre chose…

Cette conversation est interminable et décevante. J'ai envie de rentrer chez moi.

Maël regarde intensément ses Converse, puis relève la tête et dit à toute vitesse :

– Ça-te-dit-qu-on-y-aille-ensemble ?

– Au marché ? Ok !

Mais Maël pas avec ta langue dans ma bouche, hein ?

– Yes ! Super ! Trop bien ! À dimanche !

Il bondit et repart en courant.

Pendant que j'attends que le petit bonhomme passe au vert, il fait demi-tour. Quoi encore ?

– T'as pas de portable ?

J'en peux plus de cette question. J'ai envie de répondre comme tous les ados : bien sûr que j'en ai un, tu m'as pris pour qui ? Mais je suis obligée de répondre invariablement :

– Non.

– Comment tu survis ?

Devant mon air exaspéré il se reprend :

– Comment on fait pour se donner un rendez-vous alors ?

– On se donne un lieu, un jour et une heure, et on s'y tient. Par exemple dimanche 10 heures devant le stand des olives.

Des étincelles dans ses yeux. Il a compris.

– Yes ! Super ! Trop bien ! À dimanche !

Quand mon père et Malo rentrent, mon petit frère fait la tête.

Mon père grimace et ajoute :

– Malo avait une sortie scolaire aujourd'hui et j'ai oublié son pique-nique. Je me suis fait disputer par Mme Zachetti. Elle m'a dit qu'elle avait partagé son repas avec lui.

Pendant que Capucine éclate de rire, j'interpelle Malo :

– Ouistiti ! Il était bon le sandwich de Mme Zachetti ?

Mais Malo boude.

Après avoir nourri toute la famille comme un vendredi soir, j'attends que mon père ait couché Malo. Je respire un grand coup et je me lance :

– Papa, il faut que je te parle d'un truc.

Il s'assoit et me dit :

– Oui je sais, tu veux savoir. Mais même moi je ne sais pas exactement ce qu'il se passe. Et puis c'est pas à moi de te dire ça.

– Je ne veux pas te parler de ça.

Je sens l'inquiétude monter en lui. Il m'observe avec attention.

– J'ai eu mes règles il y a un mois.

– Ah.

Il se met à faire la même tête que si je lui avais demandé si on accorde le participe passé quand le COD est placé avant le verbe.

– Du coup je me suis débrouillée toute seule...

(Soulagement visible de mon père.)

– J'ai vu sur Internet des culottes bios en fibre de bambou qui remplacent les serviettes hygiéniques pleines de produits toxiques. Je voulais savoir si tu pouvais m'en acheter une pour essayer.

Il a regardé les culottes bios avec moi sur Internet.

Il a hoché la tête à toutes les explications que je lui donnais.

Il a sorti sa carte bleue.

Il m'a fait un bisou sur le crâne et il a dit :

– Ça a l'air vraiment bien la fibre de bambou.

Il est chou quand il fait des efforts.

chapitre 18

Le lendemain c'est mon nez qui me réveille.

Ça sent la tarte aux pommes. Les mésanges piaillent de joie.

C'est fantastique de commencer sa journée avec cette odeur qui raconte : tu es dans une maison qui respire le bonheur, où tout le monde s'aime et se sourit.

Je me donne dix minutes de plus pour en profiter…

Ma mère est partie, mais nous sommes forts, nous avons réussi à recréer une famille unie, solidaire et joyeuse.

Puis je me réveille complètement et j'ai l'impression que ça sent le brûlé.

C'était trop beau pour être vrai.

J'ai la boule au ventre qui revient.

On ne règle pas l'abandon d'une mère avec une soirée muffins ou une tarte aux pommes.

Quand je sors de ma chambre, j'alerte :

– Ça sent le brûlé !

Mon père se précipite vers le four pour constater les dégâts.

Et là, je vois ma mère, assise sur le canapé, la tête de Malo sur les genoux.

Capucine est debout, un peu à l'écart.

Ma mère me sourit.

Elle n'est pas exubérante, tourbillonnante, fatigante comme à son habitude.

Elle sourit et elle a l'air épuisée.

Calme mais vidée.

Elle a un nouveau collier.

D'un seul coup, Malo relève la tête vers elle et demande :

– Tu nous a ramené un cadeau ?

– Le cadeau, Malo, c'est que je reviens vivre à la maison.

chapitre 19

Sous une longue douche chaude pas du tout écolo, j'essaye de réaliser.

Ma mère à nouveau à la maison.

Un énorme poids vient de me quitter. J'ai l'impression d'avoir gagné Koh-Lanta.

Après des semaines de famine, de saleté, de mygales, de coups bas, de trahison, je viens de gagner les 100 000 €.

Je suis soulagée qu'elle soit revenue, vivante, et qu'elle accepte d'être encore notre mère.

Mais je ne peux quand même pas lui sauter dans les bras.

Elle nous a laissés sans nouvelles pendant deux mois. Et pour ça, je lui en veux terriblement.

Pendant que je finis de me sécher, ma mère entrouvre la porte.

Avant sa disparition, j'aurais hurlé :

– Maman !!! Rentre pas dans la salle de bains !

Elle m'aurait répondu :

– *Honey*, c'est moi qui t'ai faite.

Mais je me sens comme intimidée par sa nouvelle présence, et je réponds gentiment :

– Oui maman ?

– Adam est là.

Je finis en hâte de m'habiller.

Quand j'arrive dans le salon, Capucine n'a presque pas bougé depuis tout à l'heure. Elle est calme et a l'air un peu perdue. Malo est accroché à un mollet de ma mère et se traîne sur le sol.

Il y a aussi Adam, qui dévisage ma mère, les yeux écarquillés.

Choqué.

Quand il m'aperçoit, il ouvre encore plus grand les yeux, de manière à me signifier : « T'as vu qui est là ? »

Ma mère lui fait l'interrogatoire spécial maman.

– Ça va au collège ? Comment vont tes parents ? Ta maman est une femme tellement dynamique, tu sais comme je l'admire !

Je tire Adam par le t-shirt pour l'emmener dans ma chambre. Le terrible choc d'avoir vu ma mère l'a rendu tout raide.

Ma mère essaye de s'interposer :

– Ça vous dit un jeu de société tous ensemble ?

Adam va faire une crise cardiaque, il faut que je nous sorte d'ici.

– Désolée on a l'histoire à réviser.

– C'est pas fini les interros d'histoire cette année ?

– Tu connais pas Ekel, il est terrible. Interro jusqu'au mois de juillet.

– On dit : monsieur Ekel.

Ce que ma mère ne sait pas c'est qu'Ekel est trop fainéant pour nous mettre des interros jusqu'à la fin de l'année.

Puis j'entraîne de force Adam qui a maintenant les yeux vitreux, fixés sur ma mère.

Pour le dérider je lui glisse :

– Ta mère et ma mère : les mêmes !!

Il sourit. Ouf !

Déchoquage réussi.

Avachie sur mon lit, j'interpelle Adam :

– T'as pensé à la chantilly ?

Il sort les deux bombes sans un mot puis débite, agité :

– Mais comment ça se fait qu'elle est là ? Depuis quand ? Qu'est-ce qui lui est arrivé ? Pourquoi elle a l'air normale ? Pourquoi vous êtes tous calmes ?

Je lui ordonne :

– Mange la chantilly.

Il s'exécute et je le vois petit à petit reprendre vie.

– Ohhh je sais ! Vous êtes tous en état de stress post-traumatique.

Revoilà mon Adam.

– T'as pas un autre sujet de conversation ? J'en ai marre de parler de ma mère depuis deux mois.

– Hum hum (avec chantilly). Tes frequentachions.

– Quoi ?

Ayant avalé sa chantilly, il articule lentement :

– Tes fréquentations… Je te parle de Lila !

Lassée, je souffle :

– Laisse Lila tranquille.

– Elle a une mauvaise réputation. Y'en a qui disent que c'est une mauvaise musulmane.

J'ai l'impression de tomber du haut d'un immeuble. Je n'avais jamais rien entendu de tel dans la bouche de mon meilleur ami.

– Qui est-ce qui raconte ça ?

– Un peu tout le monde.

J'essaye de percer à jour les pensées d'Adam.

– Mais toi, tu t'en fous, hein ? Rassure-moi. On peut pas être fan de Diderot et penser ça ? !

– C'est pas moi, je te dis, se défend Adam… C'est des cons qui disent ça.

Je retrouve mon sourire. Et je le pousse affectueusement du coude.

– T'es jaloux c'est tout.

Il se marre et j'en profite pour lui piquer son portable.

chapitre 20

Le repas de midi en famille est paisible. Trop.

Adam a raison. Nous sommes en état post-machin chose.

Capucine picore lentement et sagement.

Mon père fait semblant de manger. Il coupe sa nourriture indéfiniment mais rien n'arrive jusqu'à sa bouche.

Même Malo se sert de sa fourchette, on dirait un humain.

Ma mère observe calmement et ose des questions anodines dont les réponses, banales, semblent lui convenir.

J'observe son collier. Ça ne ressemble en rien à ce qu'elle met d'habitude. Avant elle aurait porté une pierre de lune ou de l'ambre, avec lesquels elle aurait partagé son énergie et ses vibrations. Ce collier est en toc, couleur or, avec un pendentif de deux lettres : NY.

Ça ne lui ressemble pas.

Pendant que j'observe son bijou, je croise le regard entendu de Capucine. On a une piste à creuser.

L'odeur du café équitable qui coule fait croire à un retour à la normale.

Mais Capucine range docilement les couverts dans le lave-vaisselle, ce qui démontre le caractère extraordinaire de la situation.

Ça sonne à la porte. Je crie :

– C'est pour moi !

Je sprinte jusqu'à la porte en prenant à la volée mon sac à dos, mais ma mère est plus rapide et ouvre avant moi.

Lila écarquille les yeux de la même manière qu'Adam.

Pendant que j'aperçois Malo se faufiler avec un masque de ninja derrière le canapé, j'essaye d'attraper le regard de Lila. Deux réanimations dans la journée sont au-dessus de mes forces.

C'est la première fois que Lila vient à la maison et elle tombe sur ma revenante de mère. Pas de chance.

Mais Lila se reprend vite. Elle affiche son plus beau sourire :

– Bonjour madame Maillard. Je viens chercher Abi, on va à la Part-Dieu cet après-midi pour faire du shopping. Je suis obligée de passer sonner parce qu'elle n'a pas de portable et voyez-vous c'est quand même pas très pratique pour une adolescente en 2022.

Je crois que je n'avais jamais vu quelqu'un battre ma mère au débit de parole. Lila s'attarde sur le collier. Trop forte.

Ma mère a l'air amusée, me regarde en coin et lance :

– Dites-moi, on a changé ma fille !

C'est à ce moment précis que le petit ninja, cagoule noire, quasiment nu avec un slip grisâtre, décide de tenter une attaque et s'agrippe au sac (faux Vuitton) de Lila en hurlant :

– Cowabonga !

Lila, d'instinct, le frappe avec son sac et lâche :

– Mais c'est quoi ce sale gamin ?

Puis elle se rend compte de ce qu'elle vient de dire devant ma mère. Elle a l'air gênée tout à coup.

Nous sommes toutes les trois sidérées par ce qu'il vient de se passer.

Le silence est brisé par les gros sanglots du ninja qui s'enfuit, vexé.

Je profite de cette diversion pour filer avec Lila : direction le centre commercial.

Maman, t'es revenue, je te laisse récupérer ta triste condition de femme esclave et les consolations des petits ninjas.

Quand nous approchons de l'arrêt de bus, deux troupes de collégiens attendent déjà. Le groupe de stars de Daudet et la bande de Jade.

Mon réflexe est de ralentir, de me concentrer pour passer en mode invisible.

À côté de moi, Lila fait tout l'inverse : elle allume une cigarette, gonfle la poitrine, accélère le pas, affiche son sourire de battante.

Je la stoppe.

– Attends Lila. Aujourd'hui je vais t'apprendre un truc. Passer de la lumière à l'ombre.

– Ça a l'air mystique ton truc. C'est ta mère qui déteint sur toi ? C'est pour quoi faire, ça, passer de la lumière à l'ombre ?

– Pour ne pas se faire remarquer. Passer inaperçue.

– C'est quoi l'intérêt ?

– Au lieu d'échanger des insultes avec les autres, on pourrait discuter tranquillement dans le bus, rien que toutes les deux. Qu'est-ce que t'en dis ?

En même temps que je parle, je la détaille de haut en bas. C'est pas gagné. Doc Martens arc-en-ciel. Collants résilles. Jupe en strass.

Elle marmonne :

– Ok, allez vas-y montre-moi.

Je la fixe droit dans les yeux.

– Arrête de sourire et éteins ta clope.

Elle grogne mais s'exécute.

– Baisse la poitrine.

Elle grommelle.

– Baisse légèrement la tête.

– Non mais t'es sérieuse ?

– Parle moins fort. Seulement à moi et ne regarde que moi.

– Et si quelqu'un m'insulte ?

– Tu l'ignores.

– Ça va jamais marcher. J'vais jamais y arriver.

Évidemment on n'apprend pas l'invisibilité en deux minutes. Lucas, qui croit que les filles mettent des jupes pour l'aguicher, siffle Lila, ce qui fait hurler de rire ses trois pantins.

J'ai vu le volcan frémir, mais nous avons évité l'éruption.

– Quand on sera plus fortes, Lila, on répondra, promis.

Je m'assois sur une des places à l'avant du bus, juste derrière le chauffeur.

Lila proteste :

– Ça se fait pas de se mettre là ! C'est pour les gamins ou les mémés. Tiens à propos de gamin, ton frère c'est un fou !

– Il voulait jouer, c'est tout !

Je ris intérieurement en pensant au ninja de 15 kg tout mouillé. Je change de sujet :

– T'as remarqué ? Le collier ?

– J'ai jamais vu ta mère mais je me suis dit : le pendentif c'est pas du tout son style... C'est un indice crucial pour notre enquête.

– Tu crois qu'elle est allée à New York ?

– Impossible, elle était à ses cours de yoga. Plutôt un amant genre : Nicolas Youpi !!

On se marre. Je réfléchis :

– Ou comme Yan Néel, le prof de sport des 3e.

Elle saute de son siège et hurle dans le bus :

– Oh ! C'est ça ! Yan Néel !

Elle se reprend, se cache derrière le siège et chuchote :

– T'as trop raison. Le prof de sport canon des 3e ! T'imagines, ta mère avec Néel !

Du fond du bus, on entend la voix de Jade s'élever :

– Vous affolez pas les filles, Néel il est gay.

Enquête avortée. Déception.

Invisibilité moyennement réussie.

chapitre 21

Nous voilà arrivées dans le temple de la fringue pas cher. Une surface immense saturée de vêtements, chaussures, foulards, bijoux. La musique est trop forte, la clim' marche à fond, les vendeuses tatouées sont trop souriantes. Des affiches bariolées m'agressent en annonçant des réductions.

Je ne suis jamais allée dans un magasin de vêtements sans ma mère.

J'interpelle Lila :

– Ça craint. T'as vu les prix ? Il y a des gens qui sont exploités pour les fabriquer. Je sais pas si c'est une bonne idée.

– Parce que d'habitude tes jeans et tes baskets ils sont fabriqués par ta voisine syndiquée ? On n'est pas assez riches pour être éthique. Essaie pas de te trouver des excuses.

Ça m'agace. J'ai l'impression de ne jamais pouvoir agir sur les choses. Je me sens impuissante.

– Combien t'as ? me demande Lila

– 35 €.

– Moi j'ai 45 €. Si on enlève 5 € pour le goûter, on a de quoi se faire plaisir.

– Le goûter ?

– Coca-donuts obligé.

Ça me changera des biscuits bios à la confiture de figues.

Nous avançons dans les rayons puis Lila me demande de me tenir droite et de ne pas bouger. Elle s'éloigne de moi, et me détaille comme un peintre regarderait son tableau.

La sentence tombe :

– H. Taille 34 ? 36 ?

– 36, j'affirme. 34 t'es folle ! Je ne veux rien qui me moule. C'est quoi H ?

– C'est la forme de ton corps. Moi c'est un 8. Un 8 un peu épais.

Je regarde mes jambes, mon ventre. Effectivement si je tends mes bras en l'air j'aurai l'air d'un H. Elle est douée quand même !

Puis elle se met à fureter à une allure folle dans les rayons, et pioche de temps en temps. Je la laisse faire et commence à me laisser séduire par un superbe sweet gris qui a l'air très confortable et très couvrant.

Quand je tente de l'attraper Lila me bloque le bras et me rappelle :

– On est là pour une robe d'été. Va en cabine et essaye ça.

Elle me donne trois robes. Une noire avec des manches mi-longues. Une violette pailletée. Une jaune vif avec deux bretelles, d'une surface d'environ 3 cm^2.

– J'peux pas mettre ça Lila !

– Fais-moi confiance !

J'arrive à négocier l'abandon de la robe pailletée et nous entrons chacune dans une cabine.

Quand je sors, Lila porte une merveilleuse robe vert foncé, une épaule dénudée, mettant en valeur ses formes généreuses.

Je ne peux m'empêcher de m'exclamer :

– Waouh ! T'es trop belle.

Elle détaille à son tour ma tenue et tranche :

– Trop grand. Je t'avais dit, tu fais du 34 !

Devant le miroir, je vois que la robe me colle aux épaules puis flotte au niveau de ma poitrine et de mes hanches. Je porterais un gant de toilette ce serait pareil. Ambiance chauve-souris. Ça me déprime.

– Essaye l'autre.

Dans la cabine, j'observe cette robe jaune mini. Je ne vais jamais réussir à rentrer dedans.

Lila s'impatiente :

– T'as fini ?

– Je veux pas sortir c'est horrible.

Lila ouvre brutalement le rideau et je lâche un cri d'effroi.

J'ai l'impression d'être toute nue devant un parterre de spectateurs.

Son regard se met à briller.

– T'es canon mère Teresa ! À moi de t'apprendre un truc. Passer de l'ombre à la lumière.

Puis elle m'entraîne devant le miroir.

– Lève la tête.

Je m'exécute en fermant le plus fort possible mes paupières. Je rentre ma tête dans les épaules.

– Baisse tes épaules.

Non, pas mes épaules, c'est ma cachette secrète.

J'obéis.

– Regarde-toi dans la glace.

J'ouvre les yeux.

Mon cœur bat très fort et je me vois, en jaune.

J'avoue, ça va, je suis pas trop moche.

Je me plais un peu.

Dans le bus du retour Lila aborde le sujet que je redoutais :

– C'est demain que tu vois Maël ?

Je bougonne.

– Rassure-moi, tu sais ce qu'il va se passer Abi ? Il va vouloir t'embrasser ! Tu vas voir ça va bien se passer, laisse-toi guider. Moi, à force, j'ai plein de techniques différentes !

Je rentre ma tête dans mes genoux et reste silencieuse.

J'ai pas très envie que Maël introduise sa langue dans ma bouche, je trouve ça répugnant. Mais à la fois je crois que j'ai envie de tenter l'expérience. Pour voir.

– Tu me raconteras ! Je veux TOUT savoir !

Quand je rentre à la maison, Capucine claque la porte de sa chambre en hurlant :

– L'autre elle me donne des ordres ! Elle abandonne ses enfants et elle me donne des ordres !

Malo a toujours son slip grisâtre et est caché sous la table.

Mon père est nerveux. Il cuisine et lance :

– Malo va prendre ton bain, je sais que tu es couché sous la table. Dépêche-toi, l'eau va être froide.

Ma mère s'est mise à l'écart et démarre une séance de yoga.

J'ai laissé la fenêtre ouverte pour laisser passer l'air frais. Il fait chaud ce soir. Les mésanges ont arrêté de piailler. On entend les bruits de la place en train de se changer en un barbecue géant.

Est-ce que Maël va tenter quelque chose ? Je n'arrive toujours pas à cerner si j'ai envie qu'il se passe un truc ou si je préfère qu'on en reste à Sea Sheperd.

Le pire, c'est que je ne sais absolument pas COMMENT ON FAIT. C'est dingue que je connaisse par cœur mes cycles menstruels et que je ne sache même pas comment on embrasse !

Et avec mon appareil dentaire, est-ce que ça va gêner ? Est-ce qu'il y a des risques ?

J'essaye de m'imaginer la scène. À chaque fois que je vois sa bouche se rapprocher de la mienne, ça me fait sursauter.

C'est le moment que ma mère choisit pour frapper à la porte de ma chambre :

– Je peux entrer ?

Je vais lui ouvrir et elle s'assoit timidement sur le bord de mon lit.

Elle a quand même changé. Il y a deux mois elle n'aurait pas frappé et elle se serait jetée sur mon lit sans ménagement. J'ose :

– Il est joli ton collier !

– Merci.

Zut je n'en saurai pas plus.

– J'ai eu ta lettre.

– …

– Ton père m'a dit pour la culotte en fibre de bambou. Ça a l'air génial !

Je suis ravie qu'elle s'intéresse à ma culotte. Je lui explique comment ça fonctionne, comment ça se lave.

– C'est super, Abi, je crois que je vais m'en acheter une aussi ! Tu t'es débrouillée comme une cheffe, dit-elle en me caressant la joue. Si tu savais ce que j'ai traversé pendant ces semaines. Je suis épuisée.

Je sens que c'est le moment :

– T'étais où maman pendant tout ce temps ?

– Je suis désolée, *honey*, mais il y a des choses que les enfants ne doivent pas savoir. C'est ma vie d'adulte. Mais sache que j'ai pensé à toi tous les jours.

La tendresse qui s'était installée s'envole en quelques secondes. La gorge me pique. La colère monte.

– Maman je ne suis plus une enfant ! J'ai 14 ans ! Tu me dois des explications !

– Je suis désolée, Abi…

– Sors de ma chambre !

Ma mère s'éclipse, peinée.

Ma gorge s'enflamme.

J'ai envie de lui jeter des pierres, pour lui faire mal, comme elle m'a fait mal.

Toute la haine emmagasinée ces semaines sort en hurlements :

– Comment tu as pu ? T'as abandonné un enfant de 5 ans ! Et moi…

Puis les pleurs noient mes paroles. Personne n'entend la suite.

Tu m'as abandonnée au moment où j'avais le plus besoin de toi.

Toute seule avec mes règles.

Toute seule avec les moqueries.

Toute seule.

Tu m'as tellement manqué.

J'ai cru que tu étais morte, suicidée.

Je t'aime tellement.

T'es horrible.

T'es la pire mère du monde.

Je te déteste.

chapitre 22

Ce dimanche matin, j'avais mis mon réveil, mais des cris me tirent brutalement de mon sommeil.

Quand j'arrive dans la cuisine, mon père est au-dessus d'un tas de vaisselle explosée.

Il est en pleine crise de folie.

Il jette une assiette par terre en hurlant :

– Tu m'emmerdes Emily, tu m'emmerdes !

Ma mère s'est éloignée, a croisé les bras, et l'observe, impassible, comme si cela ne la concernait pas.

Elle ose :

– C'est normal que tu sois en colère, mon amour, il faut l'exprimer cette colère.

Mon père rougit de plus belle, menace d'exploser et rugit :

– Arrrrête de m'appeler mon amour ! Arrête avec tes trucs de bienveillance de MERDE !

Entre mes jambes apparaît un ouistiti et sur mon épaule s'appuie la tête ensommeillée de Capucine.

C'est mieux qu'au cinéma.

Il est bientôt l'heure d'aller au marché. J'enfile un jean et un t-shirt blanc.

Mais le fantôme de Lila vient me sermonner. Il me tire l'oreille et m'emmène devant la minirobe.

Je me place devant le miroir pour l'enfiler.

Je lève la tête, baisse les épaules.

C'est court.

C'est moulant.

C'est jaune.

On dirait une mésange charbonnière.

Ça fait bizarre.

Je suis un peu moins transparente.

Je décide d'oser la robe, avec un sweet ouvert par-dessus, au cas où je n'assume plus.

Je sens mon estomac se nouer d'appréhension.

Mais un sourire se forme, que je n'arrive pas à enlever.

Quand je me faufile hors de ma chambre, mon père est toujours cramoisi. Sa chemise est toute déboutonnée et il a des mèches de cheveux dressées sur la tête. Il s'agite sans que rien ne se passe.

Ma mère le regarde avec un air de défi que je ne lui connais pas.

Comme je suis la championne de l'invisibilité et au vu de la situation, il va être facile de sortir de cette maison discrètement.

Mais j'entends la voix de mon père, qui s'est calmé d'un coup et qui me demande, surpris :

– Tu sors comme ça ?

Raté ! Je savais que cette robe allait m'attirer des ennuis.

– Oui, oui…

Je commence à attraper mon sac à dos, mais mon père continue.

Ses cheveux ont retrouvé leur place initiale et sa couleur de peau est de retour à la normale.

– Mais c'est pas un peu…

Je le fixe.

Ma mère le foudroie du regard.

Il balbutie :

– … jaune ?

Je hausse les épaules et ouvre la porte.

Les hurlements reprennent.

Qu'ils s'engueulent !

Je préfère ça aux silences pesants et gênés.

C'est pas tout, mais il est 9 h 45 et j'ai des tortues à sauver, moi !

Je suis prête : robe jaune, baskets, sweet noir, sac à dos sans portable (avec une serviette senteur fruit des bois dans la poche secrète, au cas où).

Je mets mes écouteurs et lance *Wish You Were Here*.

How I wish, how I wish you were here, we're just two lost souls…

Les mésanges nonnettes passent au-dessus de ma tête.

Crèche, jardin partagé, école, centre social, bibliothèque, place des Mésanges, marché.

FIN

Ouvrage réalisé par
Cédric Cailhol Infographiste.

Reproduit et achevé d'imprimer
par l'Imprimerie Laballery à Clamecy
en septembre 2023.

Dépôt légal : avril 2022
N° d'impression : 309368
ISBN : 978-2-8126-2323-3
« Loi n°49-956 du 16 juillet 1949
sur les publications destinées à la jeunesse »

Imprimé en France